主编　凌翔

当代著名作家美文自选集

闲敲棋子落灯花

陈鲁民　著

民主与建设出版社
·北京·

© 民主与建设出版社，2019

图书在版编目 (CIP) 数据

闲敲棋子落灯花 / 陈鲁民著 . —北京：民主与建设出版社，2019.12
ISBN 978-7-5139-2771-0

Ⅰ.①闲… Ⅱ.①陈… Ⅲ.①散文集—中国—当代
Ⅳ.① I267

中国版本图书馆 CIP 数据核字（2019）第 248100 号

闲敲棋子落灯花
XIANQIAO QIZI LUODENGHUA

出 版 人	李声笑	
著　者	陈鲁民	
责任编辑	周佩芳	
封面设计	陈　姝	
出版发行	民主与建设出版社有限责任公司	
电　话	（010）59417747　59419778	
社　址	北京市海淀区西三环中路 10 号望海楼 E 座 7 层	
邮　编	100142	
印　刷	唐山楠萍印务有限公司	
版　次	2020 年 1 月第 1 版	
印　次	2020 年 1 月第 1 次印刷	
开　本	710 毫米 ×1000 毫米　1/16	
印　张	13	
字　数	200 千字	
书　号	ISBN 978-7-5139-2771-0	
定　价	49.80 元	

注：如有印、装质量问题，请与出版社联系。

目　录

第一辑　闲敲棋子

缘起缘灭不由人

　　干啥吆喝啥，明星们就连离婚声明都讲究"文艺范儿"：一要有文化味，二要含情脉脉，三要故弄玄虚。张雨绮写道："在时间即圆的世界里，缘有轮转。在缺口雕刻的生命里，时间填满。分开走了，也把遗憾多留一会儿。愿你好，祝我安。"葛天无奈表白"缘起缘灭，天自有安排。"王菲则潇洒表示"这一世夫妻缘尽至此，我还好，你也保重"。

　　三个明星均提到一个"缘"字，缘来了就喜结连理，如胶似漆，缘去了就劳燕分飞，陌如路人，合合分分均取决于缘起缘灭。所谓缘，是一种人与人之间无形的连结，是某种必然存在的相遇的机会和可能，计有夫妻缘，朋友缘，同事缘，邻居缘，萍水相逢缘，一面之交缘，一饭之聚缘等。缘份起则人和人之间相连结，缘分灭则人与人之间相隔绝。缘起缘灭，说明世事无常，人心多变。

　　在所有的缘里，人们最津津乐道的是夫妻缘。如果男女双方真的有缘，即所谓千里姻缘一线牵，那就千山万水挡不住，国籍肤色拦不了，年龄出身不是障碍，身世相貌也无法阻隔，终究是要走到一起来的。只要"缘分"到了，性格契合固然能琴瑟和谐，"携子之手，与子同老"；性格不合也能忽阴忽晴，吵吵闹闹过一辈子。刚刚在美国去世的张充和老人，年轻时才貌双全，追求者排成长队，可她总觉得缘分不到，34岁时才与美国学者傅汉思结为夫妻，夫唱妻和，相敬如宾，共同生活了半个世纪。还有民国时才女毛彦文，拒绝了教授、学者、老板、军官一干精英，她觉得与这些人都无缘。寻寻觅觅，最后嫁给比她大28岁的民国前总理熊希龄，且只过了两年就成了寡妇，不管外界怎么议论，她自己认为这就是"百年修得同船渡，千年修得共枕眠"的缘分，是前世注定。

佛家说"人生如雾亦如梦，缘生缘灭还自在"，意即人做事不要强求，一切应顺其自然、随遇而安，简化成两个字：随缘。缘来如火起，轰轰烈烈，熊熊燃烧，见佛杀佛，见祖灭祖，谁都挡不住；缘去如灯灭，愁雾弥漫，黢黑一片，寒气逼人，心灰意懒，老天都掉泪。如何随缘呢？缘来时，要抓住不放，善待珍惜，小心享用，不可暴殄天物，亦不能得意忘形；缘去时，则要达观待之，想得开，放得下，不可沉溺其中，恋恋不舍，哭哭啼啼作小儿女状，因为那不仅丝毫没用，还会让人笑话。

缘需要等，耐心是最好的办法，相信冥冥之中一定有一个最合适的人在等着你去牵手。经过长期的苦苦等待，鲁迅等到了许广平，沈从文等到了张兆和，徐悲鸿等到了廖静文，钱学森等到了蒋英，杨振宁等到了翁帆，他们都找到了自己理想的伴侣，有了幸福的生活。而范冰冰、李冰冰、许晴等一干明星还待字闺中，等待着缘分的到来，衷心地祝福她们能心想事成，早披婚纱。

当然，等不是消极地坐在那里毫无作为，仰着脖子就盼丘比特的神箭射来，等也需要努力争取，主动出击，大胆尝试，只是不必那么着急，不能勉强凑合，而要矜持自重，随机应缘。由此想起一个禅宗故事：三伏天，禅院草地枯黄。小和尚说："快撒点种子吧。"师傅说："等天凉了，随时。"秋天，师傅叫小和尚撒草籽，一些种子被吹飞，师傅说："没关系，随性。"半夜骤雨，好多草籽被雨冲走了。师傅说："随缘。"几天过去，地面青翠一片。众僧称善，师傅点头说："随喜。"有了这样的睿智与洒脱，就能在缘起时不失时机，便宜行事；亦能在缘灭时不乱方寸，大度从容，做到随时、随性、随缘、随喜。

漫话"皈依"

听说，"疯狂英语"创始人李阳在河南登封少林寺皈依佛门，师从方丈释永信，法名延依。有很多人怀疑他是自我炒弄，商业运作，想看他到底能坚持多久，会不会最终成为笑谈。

皈依，佛教用语。其意为：身心归向它、依附它。皈依佛门是正式成为佛教信徒的一个手续，包括参加皈依三宝仪式，然后领取皈依证书，便可以居士身份参加佛事活动。皈依分两种：一是剃度出家，二是在家修行。李阳的皈依就是第二种。

名人皈依佛教，并不算啥稀罕事，历来都有。其中固有凑热闹、哗众取宠的，也有真心实意、意志坚定的。譬如著名歌手李娜，就是在事业如日中天、名气大红大紫的时候，毅然急流勇退，皈依佛门，斩断青丝，义无反顾。李娜出家，算来已是 20 来个春秋，其间，她遵守清规戒律，面对青灯古佛，潜心修行，佛学精进，现已以法号释昌圣闻名佛学界。

20 世纪 20 年代，李叔同遁迹空门，是中国文化界一件颇为轰动的大事。李叔同是著名音乐家、美术教育家、书法家、戏剧活动家，也是在事业高峰时剃度出家。皈依后，他苦心向佛，过午不食，精研律学，弘扬佛法，普渡众生出苦海，被佛门弟子奉为律宗第十一代世祖。他是所有皈依佛门中成就最大、影响最广者，也是中国传统文化与佛教文化相结合的优秀代表，中国近现代佛教史上最杰出的一位高僧，被中国佛教协会会长赵朴初评价为："无尽奇珍供世眼，一轮圆月耀天心。"

皈依佛门可以有很多理由，也可以没有任何理由。或看破红尘，厌倦世俗；或为赎罪补过，忏悔前身；或图来世好报，不入地狱；或情场失意，万念俱灰；或为躲避战乱，混口饭吃，不一而足。汪曾祺的小说《受戒》里那个小和尚明海，就是因为家里田少不够种，才随舅舅出家的。不管什么理由，宽容的佛门都会真诚接纳，不存歧视，只要真心向佛，诚笃修行，都会得到认可，最后修得正果。

民国执政段祺瑞的皈依，是为了赎罪。因为他在北京"三一八惨案"中负有"领导责任"，虽不是他下命令开枪，但毕竟他是当时最高官员，十几条年轻生命死在他部下的枪口。他从此吃斋念佛，在家里辟了一间佛堂，每日清晨起来，焚香诵经，成为照例功课，后来一直坚持下去，始终未有改变。即便是在他晚年重病在身，医生劝他加强营养要吃些肉食，他也没有开戒。

军阀孙传芳的皈依，是为了忏悔。早年他攻城略地，杀人无数，罪孽巨大，但能在晚年"放下屠刀，立地成佛"，也是向善之举，总比一辈子杀人放火要强得多。不过他的仇家并没有因为他成为佛门弟子而放过他，在他做佛事的时候，仇家之女施剑翘一枪要了他的性命。怪异的是，刺客施剑翘在被特赦后，不久也皈依佛门，成了一个居士，不知她后来对手刃一个已遁入佛门的信徒可有忏悔之意？

平心而论，皈依只是个形式，如果不是真心向佛，且无意修行，皈依形式即使再隆重、再热闹，也无异于自欺欺人。佛教的本质是集求真、向善，慈悲为一体，如果一个人处处行善，事事助人，就是不行皈依，也是优秀合格的我佛弟子；反之，即便正儿八经地参加皈依仪式，领了皈依证书，却不守清规，不循教义，那也只会亵渎我佛，败坏教规。

最可笑的是，近些年来，颇有些贪官也加入皈依行列，成为"善男信女"。但是，看他们之所作所为，贪赃枉法，吃喝嫖赌，买官卖官，营私舞弊，无一不与佛家戒规背道而驰，居然还想获得佛祖保佑，上天庇护，生前平安，死后超度，真好比牵骆驼过针眼——痴心妄想！

"傻白甜"与"心机婊"

　　"傻白甜"与"心机婊"是比较引人注目的网络用语。"傻白甜",形容长相甜美但心底单纯,涉世不深的女子,很萌很可爱很温馨,但也多少有点"弱智"。"心机婊",则指的是城府很深,心机很重,常以假面示人,还爱搞点小动作的女子。人们,尤其是男人,普遍喜爱前者,憎恶后者。

　　若要举例说明,楚汉相争时,项羽老婆虞姬就是个典型"傻白甜",人漂亮,心地好,但确实没啥本事,舞剑也是业余水平,最后落了个自杀身亡的命运。吕后则是个大号"心机婊",诡计多端,心狠手辣,计除韩信、彭越,虐杀如意母子,掌控朝政数十年,广植党羽,纵横捭阖,差一点当上女皇。《红楼梦》里的林黛玉是个"傻白甜",薛宝钗则是个"心机婊",俩人明争暗斗的结果,单纯的林黛玉灰溜溜地败下阵来,有心机的薛宝钗则当上了"宝二奶奶"。当然,王熙凤是大观园里水平更高的资深"心机婊",那心眼多的连几个大老爷们绑在一起也不是对手。不过,最后还是没逃脱"机关算尽太聪明,反算了卿卿性命"的悲剧命运。

在热播的电视剧《好运来临》里，好孕杂志社的编辑万灵，也是个"傻白甜"，对谁都好的要掏心窝子，没一点防范心理，每每以德报怨，老是吃亏，但却秉性不改。杂志社主编祁寒，则老谋深算，心怀叵测，她想法把自己的儿子塞进万灵家，离间其婆媳关系，她设局灌醉万灵老公与她"上床"，她弄个假怀孕报告来逼万灵离婚，折腾个天翻地覆，鸡飞狗叫。好在编剧没让她阴谋得逞，给万灵设计个美好结局，要不然观众也不会愿意。

不过，"心机婊"大都是从"傻白甜"发展过来的。一开始，她们也单纯得像杯白水，没心没肺，让人一望到底，但却老是吃亏，不是被骗色，就是被骗钱，不断上当受骗。"吃一堑长一智"，"傻白甜"们慢慢也就变得老练成熟了，学会保护自己，不会再见谁都是一脸灿烂，对谁都毫不设防。还学会了口是心非，学会了察言观色，学会了话到嘴边留半句，甚至学会了主动出击，熟练运用孙子兵法。一个"心机婊"就这样新鲜出炉了。

当然，也有人能把"傻白甜"坚持到底，本色不改，初衷不变。主要是因为她没吃过大亏，遇到的都是好人，嫁了个暖心老公，碰上个慈祥婆婆，伴了个开通小姑，交了几个真心朋友，大家都精心地呵护她，不让她受到伤害。在这样的环境里，她的赤子之心不会被嘲笑、被利用，她也就乐的就这么活下去了。

平心而论，女人多几个心眼，聪明一点，有点处世经验，并非坏事，别动不动就给人家扣上"心机婊"的帽子。这个世界很奇怪，女人无不希望夫君聪明过人，反应机敏，本事要大；男人却恰恰相反，多不希望妻子太过聪明，心眼太多，能力太强。原因无非有二，一是与太聪明的女人在一起容易自卑，没有优越感；二是跟心眼过于复杂的人过日子太累，不自由。其实这都是大丈夫心理在作祟，还是女子无才便是德的老一套。所以，那些聪明过人、学富五车的女博士，反倒成了最愁嫁的一拨人，不仅被戏称为"齐天大剩",又戴上一顶"心机婊"的帽子，以至于征婚时不得不故意把学历降低，见面时故作单纯弱智状，生怕把人家吓跑。

存在决定意识，环境能改造人；再一个是物竞天择，适者生存。在这两条规律作用下，注定了"傻白甜"总是少数，且多不能持久；"心机婊"则会越来越多。这也并非坏事，"心机婊"若能纯粹自保而不害人，就无可指责；"傻白甜"要生存下去，恐怕还不能一直傻下去，多长几个心眼很有必要。

小器晚成

"大器晚成"，是个很有名也历史很久远的成语，原指大的材料需要长时间才能做成器具。《老子》四十一章曰："大方无隅，大器晚成。"汉人王充《论衡·状留》曰："大器晚成，宝货难售也。"后引申为能完成大事业的人要经过长期的锻炼和积累，所以成就较晚。古人姜子牙、庾信、曹雪芹，今人袁隆平、张中行、赵丽蓉，都是大器晚成的典范，年轻时默默无闻，平平淡淡，中老年后却横空出世，大放异彩，被传为一时美谈。

"小器"晚成——当然，词典上没这个成语，是我杜撰的，但社会上却有很多这样的人物。有的人天赋不高，才具有限，能力平平，注定难成"大器"，从事的又不是什么军国大事，但却"不放弃，不抛弃"，坚持数年，日积月累，到了人生的"夕阳红"，居然也能成为某一个方面的行家，在某种技艺上达到高峰，成为一个小范围内的名人。

"小器"晚成，不好引名人的例子，因为他们不管"早成"还是"晚成"，都是"大器"，和"小器"们不可同日而语。我所熟悉的一个盲人按摩师，可算是"小器"晚成的典型。他三十多岁就开始从事按摩治病，但技术平平，也没啥影响。后来他不断积累经验，四处拜师求艺，还参加了医学院的函授学习，到了五十多岁时，他的技术就在按摩医院拔尖了，找他按摩的病人要排队，预约。六十岁退休后，他办了个家庭按摩所，依旧是生意红火，病人络绎不绝。折磨我多年的腰腿疼病就是在他那里治好的。

我又掂量掂量自己，大约也能跻身於"小器"晚成的行列。我业余写作也有二三十年了，发表各类文字也有几百万了，写得头发白了，眼睛花了，腰也弯了，但还在文坛没啥大影响，没有一本甚至一篇能传世的作品。"大器"这辈子肯定与我无缘了，这我是早有自知之明的，但如果说我写的那些东西一点意义都没有，一点影响都没有，连个"小器"也算不上，那我也不服气。前几天，我去单位里的小医院看病，挂号的小姑娘盯着我看了两眼说，我认识你，你就是那个写书的人。原来她在图书馆看过我出的书，据说"挺喜欢的，特有哲理"。能写点什麼文章发表，又挺大年纪了，还小有名气，因为合乎这三条，所以我就不客气地自封为"小器"晚成了。

平心而论，现实生活中，"大器"什麼时候都是少数，来之不易，因为这需要天赋、机会和艰苦的努力，超人的付出，而且需求也十分有限，"大器"太多了还真没地方摆置，弄不好就大材小用，白糟蹋了。倒是各种"小器"，譬如写写画画的雕虫小技，烹调、治病的末微技术，修修补补类的实用人才，和老百姓生活最接近，天天都离不了，社会也最需要，多多益善，如果不妄自菲薄，积年累月把技术练精了，手艺有了绝活，也就是说成了一招鲜的"小器"，那是最受欢迎的。

人生在世，"不如意事十七八，可与人语无二三"，因而，虽然人人都希望自己成"大器"，但大多数肯定都不能心想事成。退一步说，成不了"大器"也别沮丧，那就争取成个"小器"。"小器"固无"大器"的辉煌，名扬四海，万众瞩目；但"小器"也有"小器"的乐趣，实惠安定，与世无争。而且，甭管什麼"器"，早成早好，晚成晚好，最怕的是一辈子"不成器"，酒囊饭袋，一堆废品，爹娘为他发愁，子女因他蒙羞，众人一提起他，咳，你说他呀，那是个不成器的东西！

好色

好色，大概是男人最常见也最易被原谅的弱点。梁惠王就曾不无炫耀地对孟子说："寡人有疾，寡人好色。"孔子则在《论语》里一针见血指出："吾未见好德如好色者也！"他承认了好色的普遍性，但又提醒说："君子好色而不淫。"

好色，《辞海》释为"喜爱容貌好看的异性"。近读评剧女皇新凤霞的回忆录，看到一段轶闻。新凤霞是齐白石的女弟子，又是他的干女儿，一次，新凤霞去齐家，齐白石目不转睛地盯着新凤霞看。齐妻很不高兴，说："不要老看着人家，不好。"齐老生气了，说："她生得好看，我就要看！"凤霞大大方方走到齐老面前说："干爹您看吧。我是唱戏的，不怕看。"大家都笑了。那时，齐白石已八十高龄，可见好色与年龄无关。

即便是被捧为"立德、立功、立言"的"千古第一完人"曾国藩，既然是道德楷模，他该不好色了吧？可是这位道学先生照样不能免俗，他在《曾文正公手书日记》里记载："在彼（田敬堂家）应酬一日，对楼上堂客（田家女眷）注视数次，大无礼。"还有一次，他在另一家见到了几个漂亮姬妾，"目屡邪视"，回来后批评自己"直不是人，耻心丧尽，更问其他"。曾国藩毕竟是曾国藩，在别人家做客，只因人家的女眷漂亮，忍不住多看了几眼，这本也属正常，他却左检讨，右反思，提高到道德高度，狠斗"色字一闪念"。这种不食人间烟火的道德，虽让人"高山仰止"，却绝不敢"心向往之"。

蒋介石日记公开后，披露了蒋介石早年在上海的荒淫生活，他痴迷嫖妓，是上海各大欢场的常客，在这一时期他的日记里有过不少记载，如"外出见色心动"，"外出散步，色念复起，狂妄不息"，"晚应汝为之约，花酌于蔡□春家"，"晚往森福家待花，竟不如愿，又讨一场懊恼，介石介石，汝何不能戒色也"。但他又是一个有志向的人，为摆脱情欲之魔兽，他在日记中痛诫："欲立品，先戒色，欲立德，先戒侈；欲救民，先戒私。"可在这场天人交战中，他还是屡败战屡败，一次次地倒在妓院里的女色之下。直到中年，才得以克制。

好色有两个层次，一是仅限于看看、说说、想想。古人有两句很经典的诛心之论："万恶淫为首，问迹不问心，问心自古无完人；百善孝为先，问心不问迹，问迹贫贱无孝子。"意思是说，色心人人有，只要他没有付诸行动，就都是正人君子，如果要求人家连一点色心都没有，终日心如枯井，见到美色也无动于衷，那任谁也做不到。就连孔子不是还有一出"子见南子"的趣事吗？

二是"理论联系实际"，投入具体行动，频繁地寻求外遇、刺激，占有更多异性，这事就不仅失德而且很麻烦成本很高。帝王可以靠权力拥有三宫六院，富豪可以凭金钱娶到三妻四妾，采花大盗可以借武力满足淫欲，爱情骗子可以靠花言巧语四处猎艳，其实这都是动物性的泛滥成灾。这种好色，结果好的不多，后妃无数的帝王多被无休止的纵欲毁了身体，死于英年；妻妾成群的家庭矛盾重重，勾心斗角，多半都是"大红灯笼高高挂"的悲惨结局；而爱情骗子也早晚有败露的一天。

好色不是罪过。孟子曰："食色，性也"。好色，既然人人都有，圣人尚且不免，那我等也就别苛求自己了，看看漂亮异性，想想梦中情人，只要不过分沉湎于此，也不无益处。至于把好色付诸行动，还是谨慎和节制一点为好，每当色胆膨胀时，不妨想想其后果之可怕，麻烦之无穷，成本之高昂，于是，就会"发乎情，止乎礼"，成为一个准柳下惠。

祖师爷不赏饭

旧时，倘若师傅教来教去，徒弟就是不开窍、不上路，师傅觉得徒弟不是这块料，学不出来，就会在辞退他时委婉地说：没办法，祖师爷不赏你这碗饭，还是改行学别的吧。

祖师爷不赏饭，用今天的话来说，就是你在这一行没优势，缺乏干这一行的必备素质，再干也干不出名堂，纯粹瞎耽误工夫，还不如早点改弦易辙，干点适合自己的工作。

按照旧俗，三百六十行每一行都有各自的祖师爷，自己之所以能在这一行站住脚，是因为祖师爷赏饭，所以，逢年过节，每个行业都要上供烧香，纪念祖师爷。教书匠祭拜孔夫子，唱戏的祭拜唐明皇，木匠祭拜鲁班，铁匠祭拜太上老君，商贾祭拜陶朱公，屠宰户祭拜张飞，剃头匠祭拜罗祖，酿酒的祭拜杜康，妓女祭拜管仲……一是感谢祖师爷赏饭吃；二是希望祖师爷保佑自己生意兴旺，招财进宝。

一般来说，如果有经验的师傅或业内行家，判断你是"祖师爷不赏饭"的那号人，基本不会看走眼。比较明智的就是赶快改行，另寻出路，千万不要一棵树上吊死。

相声大师侯宝林，相声说得炉火纯青，功夫盖世，当然希望家人继承他的衣钵，好把家传绝活传下去。他有五个子女，但"祖师爷赏饭"的只有侯耀文一人。他的孙子侯军坦言，出身在相声世家的自己其实很喜欢相声，可小时候爷爷不让他学，说"祖师爷不赏饭"，要他去学厨艺，后来，侯军果然成了一个名厨，而且还身兼电视台美食节目的主持人，事业风生水起。

西谚说：上帝给你关上一扇窗，就会给你开启另一扇窗。同样道理，这个祖师爷不赏饭，那个祖师爷会赏饭。博尔特一开始练板球，"祖师爷不赏饭"，后来改练短跑，大放异彩，成了著名"飞人"。章子怡先前练舞蹈，"祖师爷不赏饭"，后来改学影视表演，一炮打响，如今已成了"国际章"。我多年前有个同事，聪明、好动、会来事，虽学师范出身，但课确实教的不咋样，还有被学生集体"罢免"的纪录。我们几个老师都劝他，既然"祖师爷不赏饭"，还不如干脆改行。他后来去了机关，果然如鱼得水，发展顺利，很快就当上了科长、处长，不到五十岁就成了大学最年轻的副校长。教书不行做官行，人家那饭可比我们要吃得香，他后来见到我们都很客气，感谢多年前的提醒之情，幸亏及早改行，才有今天的成就。

当然也有例外。周信芳15岁学戏时"倒仓"，嗓子坏了，师傅很难过地对他说"祖师爷不赏饭"，劝他改行。周信芳脾气倔强，不信那个邪，倒仓之后，他扬长避短，重做、重念、重情，在实践中琢磨出适合自己的独特艺术风格，声音虽沙，但有苍凉质感，重力度和响度而不以高亮取胜，反倒形成了独具一格"麒派"，他个人也成为与梅兰芳齐名的京剧大师。

退一步说，就算是"祖师爷不赏饭"，你要是真心喜欢，那就坚持干下去，即便干不出名堂，只要自己高兴就好，还有什么比干自己喜欢的事更有意义呢？我当初喜欢文学写作，曾拿过几篇文章给一个著名作家看，他当时就不客气地说："你不是吃这碗饭的材料，缺乏才气与灵劲，还不如干点别的好。"说得我很泄气，一度想放弃，可就因为喜欢这一口，就一直写到今天。虽然确如那位名家的预言，我不出意料地没写出名堂，但从中得到的乐趣，也是无法用语言形容的。毕竟，成功并非唯一目的，在通向成功的路上，也可以收获许多意外的喜悦。

而且，断言"祖师爷不赏饭"的师傅也有看走眼的时候，不是说"一切皆有可能"吗？也说不定的，那就要看你的运气了。

春意闹 ·

　　《东轩笔录》载，嘉佑五年（1060年）春，《唐书》修撰完毕，宋祁被升为左丞、工部尚书，心情大悦。闲来无事，在家里舞文弄墨。想到一个词牌《玉楼春》，便信笔写来，一开始很顺，"东城渐觉风光好，縠皱波纹迎客棹。绿杨烟外晓寒轻，"都没怎么费劲，可写到"红杏枝头春意"时，心下踌躇，春意后面到底该用哪个字，到、笑、耀、叫、俏，可选的字很多，但不是中规中矩，就是缺乏新意，他在书房里踱来踱去，眉头紧皱。这时，听到夫人在外教训丫头："不懂稳重，疯疯癫癫，一天到晚就知道闹、闹、闹。"他突然眼睛一亮，如醍醐灌顶，就是这个字，赶快拿笔写下一个"闹"字，吟咏再三，心中十分得意。后边几句就水到渠成了，"浮生长恨欢娱少，肯爱千金轻一笑？为君持酒劝斜阳，且向花间留晚照。"

　　词上片从游湖写起，讴歌春色，勾勒出一片色彩鲜明的盎然春意；下片则言人生苦短，行乐须及时，不应被世俗名利所羁绊。要说这内容本也平常，无非章法井然，开阖自如，词句工整，风流闲雅。但没想到其中一个"闹"字，让这阙词大放异彩，文友们颇加赞赏，视为点睛之笔，民间也广为流传，宋祁更因此句名扬天下，被世人称作"红杏尚书"。王国维在《人间词话》里说，"红杏枝头春意闹"，著一"闹"字，而境界全出。沈雄在《古今词话》中说：人谓"闹"字甚重，我觉全篇俱轻。唐圭璋在《唐宋词简释》评说，"闹"字尤能摄出花繁之神，其擅名千古也。钱钟书在《通感》一文中则对其做了更直白的解释："在日常经验里……颜色似乎会有温度，声音似乎会有形象，冷暖似乎会有重量，气味似乎会有体质。"通感，即把繁重的色彩用嘈杂的声音来体现，宋祁无异其中高手。

古人写诗填词爱炼字，贾岛的"两句三年得，一吟双泪流"，卢延让的"吟安一个字，捻断数茎须"，都是其中佳话。炼字最成功的，除了贾岛的"推敲"，再就是宋祁这个"闹"字，为了这一"闹"，不知让宋祁捻断多少茎须，流了多少泪，用今天的话来说，就是牺牲了多少脑细胞，至于夫人训丫头激发其灵感一说，怕是野史杜撰的可能性更大一点。

宋祁用"春意闹"而不用"春意到""春意笑""春意叫""春意俏"，内容更丰富，想象空间更大，也更出其不意，不落窠臼。唯一一点遗憾的是，自从宋祁用了"春意闹"以后，后世其他诗人都不敢轻易再碰这个"闹"字，因为你无论怎么写也超不过宋祁，而且有拾人牙慧之嫌，被方家耻笑。不过，其他艺术门类倒是不客气，画家黄永玉有幅名画就叫《春意闹》，绘春日雪山融化之景，色彩灵动自然，用笔大胆率真，不被陈规束缚，没有刻板痕迹，看似粗放的留白，却将故乡山水的突兀圆转之形和雪后的热闹缤纷之景，表现得淋漓尽致，一片生机跃然纸上。

当年，《吕氏春秋》书成，悬于城门曰，有能动其一字者，赏千金。这就叫一字不易，一字千金。吕氏或许有炒作之意，但古今语言学家皆有共识，吟诗作词，每一个字都可能有很多选项，最合适最达意的肯定只有一个字。宋祁千挑百选，用了一个"闹"字，让我们会很丰富地联想到，在红杏枝头，有采蜜的蜂，狂舞的蝶，鸣叫的鸟，轻盈的风，树下还有调皮的孩子，闹得不亦乐乎，闹得春光明媚，闹得春心荡漾……一个"闹"字，奠定了宋祁在诗坛的位置，一个"闹"字，让我们领略了汉字的奇妙神韵，一个"闹"字，带来了千古春天的生机勃勃。

禁欲与纵欲

每次世界杯，都会在球员该不该在比赛期间禁欲引起争论。争论最后也无一致意见，还是见仁见智，各执一词，但从比赛结果来看，凡是禁欲的球队都走的不远，凡是允许太太团随队的球队战绩都不错。譬如，2014 巴西世界杯禁欲最坚决的上届冠军西班牙队，就惨遭淘汰，早早打道回府；而太太们最招摇活跃的德国队，最后捧杯。当然，这只是统计学意义上的结论，未见科学，但胜王败寇就是硬道理，如果西班牙捧杯，估计就是禁欲论占上风了。

说德国队胜在"纵欲"，显然有些夸张，其实他们不过为了放松身心，允许队员在比赛期间与妻子或女友有性生活而已。准确地说，纵欲就是不加节制地发泄欲望，是透支身体与精力，肯定是不科学的。《金瓶梅》里的西门庆就是纵欲而死的典型，但那是小说家言，不足为凭。最能说明问题的一个例证，就是中国皇帝多短命，平均不到 30 岁，重要原因之一就是因为纵欲无度掏空了身子。过去的皇帝，一说就是三宫六院，七十二嫔妃，这还算少的。据统计，历史上后宫嫔妃多达万人以上的皇帝就有数十位，他即使是龙马精神，一天宠幸一个，也得三四十年才能轮上一遍。特别是那些"责任心"强的皇帝，还经常"加班加点"，那就更麻烦了。枚乘《七发》里便直言不讳地说"皓齿蛾眉，命曰伐性之斧"。

战国时期有一篇名文《登徒子好色赋》，大夫登徒子曾在楚襄王面前说宋玉好色纵欲，襄王便把他找来问话。宋玉说："根本没这回事。相反，纵欲好色的不是我，恰恰就是登徒子自己。"楚襄王问他有何根据。宋玉说："我有一位姿色绝伦的美女邻居，趴在墙上窥视我三年，而我至今仍未答应和她交往。登徒子却不是这样，他的妻子虽蓬头垢面，丑陋不堪，登徒子却与她纵欲无度，居然生有五个孩子。请大王明察，究竟谁是纵欲好色之徒呢？"由于宋玉的诡辩反诬，登徒子背了几千年纵欲好色恶名。

再说禁欲。七情六欲，人皆有之，情欲是其中最重要欲望之一，源之于荷尔蒙的分泌，即所谓"食色性也"。无疑，禁欲是反人性也是不科学的。中国历史上主张禁欲最高调的一是程颐，其主张是"饿死事小，失节事大"，为此可害死不少人；二是朱熹，其名言是"存天理，灭人欲"，可是他自己却"诱引尼姑二人以为宠妾，每之官则与之偕行"，被人视为伪君子。

世界上大部分宗教都要求禁欲，但实际上执行得并不理想。譬如天主教，禁欲的原因是"把身子献给上帝了"，可是《红字》里的牧师丁梅斯代尔，《牛虻》里的蒙太尼里主教都是采花高手，还有薄伽丘的《十日谈》，更是把那些偷情好色的教士腌臜得不像样子。佛教有五戒："一不杀生，二不偷盗，三不邪淫，四不妄语，五不饮酒。"这五戒，是佛门四众弟子的基本戒，不论出家修行还是在家修行皆应遵守。但在《水浒传》里，杨雄老婆潘巧云与和尚有染，《红楼梦》里秦钟与小尼姑智能儿鬼混，似乎都在印证"色中饿鬼"的老话。汪曾祺的《受戒》也写了小和尚明海的情窦初开，朦胧欲望，但写得很美，看到小英子的脚印，"明海身上有一种从来没有过的感觉，他觉得心里痒痒的。这一串美丽的脚印把小和尚的心搞乱了。"

禁欲与纵欲是两个极端，都不可取。在这个问题上，似乎动物比人高明，它们从未有过禁欲与纵欲的困惑，其行止进退完全听从自然与生命的呼唤。所以，人不妨也学学动物，随自然而然，行中庸之道。既不禁欲，爱情来时热烈如火；又有所节制，不做滥情纵欲的狂蜂浪蝶，如是方为科学且接近人性。

有意无意之间

历史就是在有意无意之间被人们创造的。

中国书法史上的第一行书《兰亭序》，即为书圣王羲之"有心栽花"的绝品。从酝酿到操作，从开篇到收笔，有条不紊，中规中矩，一切都在计划之中，体现了一种从容不迫的美。崇山峻岭，茂林修竹，文友相聚，手把美酒，沐浴阳光，吟诗诵词。《兰亭序》就是在这样浪漫高雅的氛围中问世的，一出生就带有豪华尊贵气势。无怪乎被那么多帝王将相所钟爱，唐太宗甚至要以此为自己作陪葬。

然而，书法史上的第二行书《祭侄文稿》，则是颜真卿"无意插柳"的不朽名作。那纯粹是思绪的宣泄，激情的井喷，写时并未想到要公之于众，更没料到会流传千古，因而，墨迹干涩，浓淡不一，且有多处涂改，文字也为抒胸臆而不及润色，体现的是一种悲壮豪放的美。想想也是，突闻堂兄颜杲卿和侄子季明壮烈殉国的噩耗，颜鲁公肝肠寸断，痛不欲生，下笔时血泪与笔墨齐飞，哪还顾得上抑扬顿挫，咬文嚼字，哪还有那么多计较？

刘邦当平民时，夜斩白蛇，也是在无意创造历史，其时尚有些许侠勇，不无可爱之处，自然也多亏仗了几分酒意。刘项之争，楚汉逐鹿，刘多以流氓战术取胜，无赖嘴脸暴露无遗，虽然确也创造了汉家几百年江山，但后人历来对他评价不高，元散曲《高祖回乡》，就活生生地把他写成一副小人得志的模样。

司马迁为李陵辩护，是一时激情所致，血气方刚的他见不得冤屈不平事，想也没想，就冲上去了，这无意的几句话，竟换来了比杀身还要惨痛的宫刑，在历史上记下了沉重的一笔。而司马迁写《史记》，则是在有意地创造历史，就是要"究天人之际，通古今之变，成一家之言"，就是要"藏之名山，传之其人"。正是为了这一目标，他忍辱负重，含辛茹苦，一干就是几十年，终于写成"史家之绝唱，无韵之离骚"。

比彻·斯托夫人的一本小书《汤姆叔叔的小屋》，引起了一场解放黑奴的南北战争，无意中创造了历史，足以流芳百世；希特勒的《我的奋斗》，则蓄谋已久地挑起了一场世界大战，则是在有意创造历史，但他肯定是遗臭万年了。

苹果掉下来砸在牛顿的头上，他悟出了万有引力定律，是无意创造历史；米丘林在苹果园里忙活一生，杂交繁殖，培育新品种，是在有意创造历史。

勤快的王道士早晨起来扫沙子，一不小心就扫出个藏经洞，进而扫出个敦煌文化，是无意创造历史；画家常书鸿以终生心血来发扬、光大敦煌文化，成了莫高窟的保护神，则是有意创造历史。

陕西几个农民打井时，偶然发现兵马俑，一锄头挖出沉寂千年奇迹，无意中创造了历史；政府拨巨资，大力发掘，建成兵马俑博物馆，号称"世界第八大奇迹"，则是在有意创造历史。

马寅初写《新人口论》，是在有意创造历史，真心想为中国历史做点贡献。却没想到会因此获罪而遭围剿，面对铺天盖地的批判浪潮，他宁折不弯，初衷不改，并大义凛然地宣布："明知寡不敌众，自当单身匹马，出来应战，直至战死为止。"这于乱战中无意的一句迎战宣言，竟谱写了一曲 20 世纪中国知识分子最有骨气的乐章，甚至于远远超出了他精心研究的《新人口论》的影响。

如果说，无意创造历史是偶然性，有意创造历史就是必然性；无意创造历史是"清水出芙蓉，天然去雕饰"，有意创造历史就是"画眉千度拭，梳头百遍撩"；无意创造历史是小桥流水，有意创造历史是大江东去；无意创造历史是偶尔红杏出墙的难忘艳遇，有意创造历史则是年复一年例行公事的夫妇之道。无意创造的历史太多会乱套，而全是有意创造的历史又太乏味。因而，人们仰慕《兰亭序》的雍容华贵，同样激赏《祭侄文稿》的壮怀激烈；人们永远纪念大智大勇的常书鸿，也不会忘记既愚且贪的王道士，因为历史就是这样在有意无意的创造中趔趄前行，"古今多少事，都付笑谈中"。

情场

　　情场一词出现得很晚，大约到了清代，才开始慢慢流行开来。清代戏剧家洪升在《长生殿》里感叹："今古情场，问谁个真心到底？"诗人纳兰性德在《剪湘云·送友》中说："险韵慵拈，新声醉倚，尽历遍情场，懊恼曾记。"当代作家聂绀弩则在《体貌篇》里说："体貌完美的女性，在情场角逐，诚然较丑缺者容易获胜。"

　　情场，顾名思义，指谈情说爱的场合，这是一般理解；往深里说，指的是爱情方面的相互关系。与"场"有关的词很多，譬如商场、市场、官场、职场、沙场、赌场、名利场、娱乐场再加上情场，意思是说，这是专门干某种事的阵地，给你画出个圈子，定好了规矩，你就在这里可劲儿表演吧。

　　既然是表演，那就有新手老手之分，菜鸟高手之别。和别的"场"有点区别，打仗的沙场老将，娱乐场的老艺术家，官场的资深官员，商场的巨擘大鳄，都是受尊重的。情场就不一样了，人要是被称为情场老手，那八成是贬损之意，就说明你在情场里进进出出，长袖善舞，朝秦暮楚，始乱终弃；如被说为情场高手，不论你是长于欲擒故纵，或惯常以进为退，或善打悲情牌，或惯使金钱弹，本质上都是个玩弄感情的流氓。

"今古情场，问谁个真心到底？"洪升这话显然有点以偏概全，固然有不少情场浪子，"杯水主义"，换情人像换衣服一样，但"真心到底"的也大有人在。如果说"梁祝"是传奇，"宝黛"是小说，"白蛇"是神话，可暂且不谈；而大家耳熟能详的焦仲卿与刘兰芝，陆游与唐婉，高君宇与石评梅，周恩来与邓颖超等，则是古往今来那些"真心到底"的情侣们的优秀代表，他们的坚贞不二，情无反顾，给情场吹来一股清新之风。

情场如战场。战场决胜，靠智勇双全，兵多将广；情场占优，也少不了计谋筹划，还要靠勇气过人。战场上刀枪相逼，你死我活，势不两立，情场上也差不多，情敌们恨得咬牙切齿，无所不用其极，只是一般不用兵器罢了。我们经常可以看到、听到，两个多年闺蜜，为了争一个男友而反目成仇，从此陌同路人；两个情敌，为争一个情人而决斗，拳脚相加是小儿科，白刀子进红刀子出也不稀罕，就连普希金那样的大诗人也死于情敌决斗。

情场似商场，商场上一切以盈利为目的，千方百计谋求利润最大化；情场上，也充满金钱算计，利益博弈，不是商场，胜似商场。一些女士紧盯着男士的钱包，盘算着这一嫁能换回多少银子；男士则满腹狐疑地看着一脸妩媚的女士，她究竟是爱我呢，还是爱我的钞票。精明的女士，高扬"干得好不如嫁得好"大旗，宁肯坐在宝马车里哭，也不愿坐在自行车后面笑；狡猾的男士，唱着"爱你一万年"的艳曲，却心里暗自踌躇，这桩婚姻值不值，能持续多久，她要是和我离婚，会分去多少家产？

俗话常说情场失意，赌场得意；情场失意，商场得意；情场失意，官场得意，其实这里边并没有必然的因果关系和逻辑关系，个别巧合也许会有。但我们看到的却是，那些商场得意的，一发出征婚广告，就会有美女排长队待选；那些官场得意的，不仅能娶得娇妻，有的还"彩旗飘飘"。反之，你若是商场、官场、职场甚至赌场都不得意，潦倒不堪，一文不名，还想觅得佳偶，幻想着美艳如花的七仙女会爱上穷光蛋董永，貌如天仙的花魁会看上卖油郎，那简直就是白日做梦，也就是戏剧、小说里有这种事。

"问世间、情是何物，直教生死相许"，爱情是何其神圣之物，但一和"场"结合在一起，就有些怪怪的，特别是又衍生出什么"情场秘诀""情场高手"，更令人觉得浊气逼人。

男人都喜欢"祸水"

如今，"美女"早已被人们叫滥了，稍有姿色或勉强入眼的女性都被廉价地称之为美女，如果谁在大街上喊一声"美女"，就会有好几个人回头，主动认领。而真正的美女则对这个称呼嗤之以鼻，你要叫她美女就像羞辱她似的，立马杏眼圆睁，柳眉倒竖：你才是美女，你全家都是美女！

近日，我与一干男女文人朋友聚餐，说到美女称呼泛滥这个话题，大家都有同感，议论纷纷，见仁见智。酒过三巡，我突发奇想说：咱们以后干脆改叫美女为"祸水"吧，自古就有"红颜祸水"之说，红颜就是美女，美女就是祸水，既脱俗典雅又新颖别致。能叫上"祸水"的，那是美女中的美女，极品中的极品，倾城倾国，就像为她打了十年仗的希腊绝色海伦，并非谁都能有这个资格的。话音刚落，众人立刻热烈响应：要得，硬是要得，有点意思！

一女作家还有些许疑惑："祸水之称不妥，祸水，轻者祸害家庭，重者祸害国家，毕竟不祥，恐怕男士难于接受。"座中男士马上群起回应：不碍，不碍，我们都喜欢"祸水"，都是"祸水"爱好者。此生如得一西施，抱回褒姒，与杨贵妃同枕共眠，和息夫人颠倒鸾凤，为貂蝉倒洗脚水，为妲己跪搓衣板，死亦值得！况且，鲁迅先生也说过，"从不相信姐己亡殷，西施沼吴，杨妃乱唐的那些古老话"。这些中国历史上的著名"祸水"，其实都是那些无能男人们推卸责任的替罪羊。

"你们男人就这点出息，典型的感性动物，不爱江山爱美人，一见'祸水'眼都直了，腿都软了，骨头都酥了，恬不知耻，难成大器。"座中一位容貌平平、自忖称不上"祸水"的女编辑不无妒意地感叹道。

"照这样说，我就是资深'祸水'，年轻时追我的小伙子得有一个加强连之多，情书每天都能收到一堆，其中一个甚至痴迷到神经有些不正常了，寝食不安，颠三倒四的，还有一个为我差点闹离婚。"一位徐娘半老风韵犹存的女诗人得意洋洋地炫耀。

男士们立刻起哄，瞧，这就是典型"祸水"，可惜你是人老珠黄，美人迟暮，再想祸害谁也是心有余而力不足了。不过，还得离你远点，要是万一被你家的那位老醋坛子盯上了，那就不消停了。你老公也真够可怜了，娶了你这个"祸水"，一辈子担惊受怕，疑神疑鬼，生怕戴绿帽，你有没有祸害过别人不知道，把老公祸害得是真够呛！

说笑间，她老公查岗的电话打过来了。听她黑脸训斥，声色俱厉，连讽带骂，大家不禁莞尔一乐：温柔"祸水"骤变怒目金刚，多样本色可见一斑。

接着，大伙借着酒劲癫狂，又兴致勃勃地对众多"祸水"进行分门别类：影视明星叫"大众祸水"，美女老板叫"商场祸水"，美女官员叫"官场祸水"，美女作家叫"文坛祸水"，青春美少女叫"清纯祸水"，浓妆艳抹的叫"伪祸水"，略有姿色的叫"准祸水"，整容美女叫"人造祸水"，自我感觉良好，别人却不大认可的叫"疑似祸水"……

"江山代有才人出，各领风骚三五年"。既然美女叫滥了，那就不妨改叫"祸水"，也别怕什么刺激、不祥，因为男人大都具有这种精神：粉身碎骨浑不怕，愿留"祸水"在身边。

第三个苹果

1955 年 2 月 24 日凌晨,一个男婴"不合时宜"地出生在美国旧金山一家医院。刚刚问世一周,就被在一家餐馆打工的父亲与潇洒派的酒吧管理员的母亲遗弃了。幸运的是,一对好心的夫妻收留了他。

养父母家境困窘,他从小过着半饱半饥的生活,上学也是时断时续。最大乐趣就是和同街区的孩子嬉闹、打架,还常常喜欢别出心裁地搞出一些令人啼笑皆非的恶作剧。不过,他的智商却明显高于常人,上学虽不怎么用心,还总是提一些稀奇古怪的问题,让老师很头疼,学习成绩倒是十分出众。

1972 年,他高中毕业了,顺利考上俄勒冈州波特兰的里德学院,可大学梦刚开始六个月,因养父母无力负担,19 岁的他不得不忍痛退学,大哭一场后,永远告别了大学。当时,为了生存,他曾捡过 5 美分一个的汽水瓶子,兼职打扫过卫生,每周末要步行 15 公里到城市的另一端,为的是吃一顿免费的晚餐。

为养家糊口,他到处应聘,可因为没有大学文凭,被一次次拒于门外，受尽白眼。后来终于在雅达利电视游戏机公司找到一份职员工作，因离家太远，他又买不起汽车，租不起房子，只好借住朋友家的车库。

21岁时，他听一个朋友说印度就业机会多，薪金高，就辞职去了印度。可没想到那里也是僧多粥少，难以立足，吃尽苦头，到处碰壁，无奈只好重新返回雅达利公司做了一名工程师。

23岁，他交了一个女朋友，不久，他们的爱情就有了结果，一个女儿诞生了。可因为无力抚养，女友的父母也不同意她嫁给一个穷光蛋，这段情事就成了他心中永远的遗憾。

他喜欢鼓捣电脑，可又没钱买那些价格昂贵的配件，只能用人家淘汰下来的次品或报废电脑拆下来的零件。也没有车间和实验室，就在他居住的车库里研究试验。

创业、失败、再创业、再失败，汗水泪水交替着流。经过十几年的打拼，聚沙成塔，集腋成裘，他终于有了自己的公司和产品。

可是，由于他的特立独行，他永远不肯循规蹈矩的性格，他什么事都想与众不同，他老是有一些匪夷所思的想法，使他与他的总经理和董事们格格不入，于是，他们便合谋发难，发动"政变"，居然把他从自己创办的公司扫地出门。

他却不言失败，依然一意孤行，在不停探索，在大胆试验，在锐意创新，绝不肯跟在别人后面亦步亦趋，尽管那很保险。机会来了，他原来的公司终于看到了他的价值，又请他回去主持大局，从此，他便如鱼得水，大显身手，事业一路高歌，奇迹接连出现，他勇立世界科技前沿，把一度遭人轻视的企业带到全球企业市值第一的宝座上，他的产品影响了整个世界，这个人就是美国苹果公司前首席执行官史蒂夫·乔布斯。

曾有人总结说，三个苹果改变了世界：一个苹果诱惑了夏娃，一个苹果砸中了牛顿，还有一个苹果在乔布斯手中。在一本杂志的封面上，刊出一幅漫画，三个人头顶着三个苹果：牛顿头上的苹果是整个的，夏娃头上的苹果只剩了一个核儿，而乔布斯头上的苹果则被咬去了一口，这也是他多年遭受苦难的隐喻。这三个苹果都包含着创新的因素，带来了创新的结果，特别是乔布斯，他是一个不可多得的创新天才。

乔布斯的成功实践说明：出身贫贱不可怕，生活穷困不可怕，失败挫折不可怕，没上过大学也不可怕，只要有一颗永不屈服的心，有永不止步的创新精神，有坚持不懈的毅力，所有的困难都会被踩在脚下，一切成功的大门都不难叩开

天妒英才，乔布斯不幸英年早逝。悼念他的文字不计其数，铺天盖地，以我管见，尤以美国总统奥巴马的评价最为精当中肯："乔布斯是最伟大的创新者，思考敢于不同，大胆得足以相信自己可以改变世界，而且聪明得可以做到这一点。"

装傻

与欧美老外的喜欢直来直去相比,国人多善于伪装,总以假象示人,真真假假,虚虚实实,让你看不清庐山真面目,所以,就有大智若愚、大巧若拙、大音希声、大象无形等成语的广为流行,备受推崇。伪装的重要内容之一即装傻,含装疯、装病、装穷、装笨、装弱等,是古人计谋学的核心招数。某汉学家说,不会装傻,就没学到中国文化真谛。

周文王是装傻的鼻祖。他被囚羑里后,纣王为试探他,把他的大儿子伯邑考杀掉做成肉羹赐给他,他明知是亲生骨肉,却强忍悲痛将其咽下,还装作很高兴的样子。纣王得意洋洋地说:"谁说西伯昌是圣人?吃了自己儿子做成的肉羹尚且不自知。"骗过了纣王,姬昌才得以逃脱牢笼,回到西周,招兵买马,卧薪尝胆,最后一举伐纣成功。

刘备的装傻,天衣无缝,惟妙惟肖,堪称表演大师。刘备寄居曹操篱下,怕多疑的曹操害他,装作胸无大志的庸碌模样,"后园种菜,亲自浇灌,以为韬晦之计。"连关、张都不解地问他:"兄不留心天下大事,而学小人之事,何也?"与曹操煮酒论英雄时,他更是装糊涂,装无知,装怯弱，就连阅人无数的曹操也没看出破绽，最后放虎归山，也放走了日后的劲敌。

装傻人也有苦衷，往往是被逼出来的，不得已而为之。王翦率六十万秦军伐楚，行前多求良田屋宅，率军走了不到百里，又五度派使者回朝求赏赐。有人认为将军求赏太过分，王翦说："秦王猜忌多疑，今倾全国兵力给我，我只有以多请田宅的办法来打消秦王对我的怀疑。"还有萧何，性本清廉，官声甚好，却无端遭到刘邦猜忌，无奈他只好装作贪财好货，巧取豪夺，这才消除了刘邦怀疑："此贪鄙之徒，谅无他志，不足为虑。"

装傻的成本很低，收益却大得惊人，怪不得那么多人都在装傻。司马懿装傻，卧床不起，假装重病在身，一副去日无多的衰相，骗过了大将军曹爽，最后政变成功，把曹家天下变成了司马江山。朱棣装傻，在街市卧地不起，披头散发，吞食"粪便"。大夏天里，他却生起炉子烤火，还不停地叫冷啊冷啊冻死我了，使臣一看，这不傻子嘛！建文帝听完汇报：四叔疯了？疯了好！我可以高枕无忧了！于是，朱棣加紧备战，厉兵秣马，等到兵强马壮，突然起兵，取代侄儿成了九五之尊。

不会装傻的人，命运多不好，某种意义上来说，他们才是真正的"傻子"。李陵兵败，汉武帝震怒，对于兵败原因，大臣们都在装傻，只有司马迁仗义执言，结果反遭宫刑，痛不欲生。《隋唐嘉话》记，隋代诗人薛道衡性"迁"，朝廷聚会，隋炀帝填词，意本平平，众大臣却都故意装傻，拼命吹捧，唯独薛不以为然，所和之词远在隋炀帝之上，使杨广十分嫉妒。后来，就找了个理由把他杀了，临刑前还愤愤地问他："更能作'空梁落燕泥'否？"

装傻，虽属鸡鸣狗盗、雕虫小技，非君子所为，但也有技巧、要领，"术业有专攻"，并非谁都能轻松胜任。孙膑装傻，就能瞒过庞涓，马陵道上报了大仇；宋江装傻，却没骗过黄文炳，还连累了戴宗，差点上了断头台。安禄山装傻，跳胡舞、认干妈，看似呆头呆脑，实则包藏祸心，瞒过了唐玄宗，也结束了花团锦簇的大唐盛世。郤正教刘禅装傻，刚表演几句，就被司马昭看出破绽，问他："为何尔言如同郤正呢？"刘禅大惊："你如何知道？"连装傻都不会，这确实是个扶不起的阿斗！

装傻，是个很复杂、内容很丰富的话题，也是个很实用、历史很悠久的谋略，虽不必一棒子打死，但也肯定不宜发扬光大。人与人之间，最好还是光明磊落，堂堂正正，直抒胸襟，坦诚相见，那才是和谐社会理想境界，令人心向往之。

浪漫与吃饭

河南省实验中学的顾老师写信辞职："世界那么大，我想去看看。"短短十个字，很诗意、很潇洒、很有文艺范儿，被网友们誉为"史上最浪漫的辞职信"。

这位女老师的辞职信挂到网上后，引起网友们极大兴趣，褒贬不一，煞是热闹。赞成者认为，"心有多大，舞台就有多大"，"年轻就是折腾的本钱，再不折腾就老了"，"人就应该这样，为了诗意的生活，洒脱地做出选择"。

反对者说，"再浪漫也要吃饭"，"理想很丰满，现实很骨感"。有网友写了副对联：上联是"世界那么大，我想去看看。"下联是"钱包那么小，哪儿都去不了。"横批是"好好上班。"

更多人则是对顾老师的洒脱态度表示羡慕："有此想法，无此胆量"，"她把我浪漫的梦想变成现实，但我很纠结。"

浪漫是人生的盐，少了这个味道，生活将会非常寡淡无趣；吃饭是活下来的前提，一天不吃就饿得慌。最理想的模式，当然是既有浪漫的生活，可以恣意游山玩水，寄情琴棋书画；又无须上班，不为衣食所忧，腰包鼓鼓，钞票多多，有房有车。那你就得是富二代、官二代、名二代，有爹可拼；或者买彩票中了大奖，意外得到一笔遗产，要不然就浪漫不起来，别说是周游世界，就是把国内风景名胜看一遍，都难上加难。

当然，办法总比困难多，"想去看看"外边的世界，还有其他选择。我在电视访谈节目看到一对老夫妻谈周游世界，他们俩都是工薪阶层，卖掉北京的住房，再加上自己的退休金，还有儿女的贴补，才好梦成真。但说实话，这种破釜沉舟自断退路的法子不好学，或根本就无法学，因为浪漫的成本太高。

浪漫的前提，一是有闲，二是有钱。欧·亨利的小说《麦琪的礼物》里的小夫妻，生活贫寒，家无余粮，本想在圣诞节浪漫一把，给对方一个惊喜，但贫贱夫妻百事哀，最后却闹出了令人垂泪的悲喜剧。易卜生的小说《傀儡家庭》里，生活在富裕家庭的娜拉，终日苦闷无聊，最后觉醒，毅然离家出走。翻译成中文后，曾引起轰动，国人纷纷赞誉娜拉的出走为浪漫之极，鲁迅却不以为然，在《娜拉走后怎样》一文中分析道，娜拉出走的命运：不是堕落，就是回来。因为，"她除了觉醒的心以外，还须更富有，提包里有准备，直白地说，就是要有钱。"小说是虚构的，现实生活中也不乏这样的例子。民国名媛陆小曼，是著名交际花，为了维持她的浪漫生活，徐志摩不得不疲于奔命，在多所大学任职，还要写诗挣稿费。徐志摩一死，断了经济来源，陆小曼吃饭要紧，就再也浪漫不起来了。

浪漫人人都会，可无师自通，谁都能轻松胜任，但挣钱吃饭却不一定人人都玩得转，而且，浪漫不能代替吃饭，吃饱肚子才能浪漫起来。《儒林外史》里的马二先生，本想到西湖去浪漫一把，无奈饥肠辘辘，又囊中羞涩，所以，人家游西湖看的是湖光山色，红花绿树，他满眼看到的却是酒店里"挂着透肥的羊肉，滚热的蹄子、海参、槽鸭、鲜鱼"，被迅翁讽为："西湖之游，虽全无会心，颇杀风景，而茫茫然大嚼而归，迂儒之本色固在。"可见，浪漫与吃饭固然都不可少，但次序万万不能颠倒，解决了吃饭问题再说浪漫的事，比较稳妥。

值得欣慰的是，先创业后享受，先挣钱再浪漫，仍为时下绝大多数人的理性选择。要不然，为何在激赏顾老师的浪漫情怀后，并无人"见贤思齐"，掀起一股辞职高潮，去"看世界"，这说明大伙都很清醒，知道浪漫不能当饭吃，兜里有钱才能去浪漫，还是"好好上班"要紧。

羡慕

晚上散步，偶尔可遇到一位做官高邻。他几次对我说："真羡慕你啊！每晚都可以自由自在地散步。"一开始，以为他在嘲笑我，因为"一等公民天天有饭局，二等公民周周有饭局，三等公民从来没饭局"，他是几乎天天晚上都有应酬的"一等公民"，没理由羡慕我这个基本上没饭局的"三等公民"。可看看他日甚一日的大腹便便，步履蹒跚，我知道，他的羡慕是由衷的。

我身材不高，上学时就因为这一点没进篮球队，至今记忆犹新，所以特别羡慕身材高大的同事李某。可没想到李某也有苦衷，因身高体重，膝盖不胜重负，才四十出头就行走困难了，而且，坐火车卧铺伸不开腿，坐轿车抬不起头，合适衣服买不到。常听他唉声叹气地说，长那么高实在是受罪，真羡慕你啊！我虽对此不敢自信，但确实看到了他因太高而带来的种种不便。

羡慕，是一种很复杂的心理活动，其感性因素更多于理性因素，也不乏错觉与偏见。泰戈尔有一首《错觉》诗这样写道：河的此岸暗自叹息："我相信，一切欢乐都在对岸。"河的彼岸一声长叹："哎，也许，幸福尽在对岸。"的确如此，山野飞鸟羡慕笼中金丝雀的吃喝不愁，养尊处优；笼中金丝雀则羡慕山野飞鸟的自由翱翔，一飞冲天。平民百姓羡慕官员大权在握，呼风唤雨；官员羡慕百姓闲心不操，无官一身轻。年轻人羡慕成年人功成名就，有房有车；成年人羡慕青年人朝气蓬勃，风华正茂。寻常女性羡慕豪门贵妇的穿金戴银，吃香喝辣，豪门贵妇则羡慕小康之家的男耕女织，相濡以沫。老婆姿色平平的人羡慕娶到美女者的艳福，娶到美女者则羡慕娶到姿色平平却能吃苦耐劳老婆的实惠。

英国王子威廉大婚，平民姑娘凯特摇身一变成为世人瞩目的王妃，一步登天。本以为她会成为众多女性羡慕的对象，可没想到，英国民意调查机构的一项调查结果显示，英国女性中居然有 86% 不羡慕或嫉妒王妃凯特，表示即使有机会也不会与她互换身份，因为"她再也无法过上普通人的生活"。的确，当皇家、王室的媳妇，清规戒律极多，禁忌无数。就说王妃凯特吧，她此后的生活就要受到无数双眼睛的注视，再也不能随随便便去逛公园，轻轻松松去酒馆小酌，愉愉快快去海滩日光浴，风情万种地去上台当模特，更不能口无遮拦想说什么就说什么。怪不得那么多女性不羡慕王妃凯特。

人都是生活在比较中的，幸福与否，快乐多少，都是相对而言。"恨人有，笑人无"，是人们最常见的阴暗心理，羡慕别人也是每个人都不能免俗的心灵活动。大千世界，人海茫茫，一个人不论再成功再完美，也不论再潦倒再失败，都会羡慕也会被羡慕，没有人是不羡慕别人的，也没有人是不被别人羡慕的。

既然如此，我们在羡慕别人时须有三点值得记取：一是羡慕不要发展到"嫉妒恨"，羡慕是美好向上的，可激励人们见贤思齐，"嫉妒恨"是龌龊危险的，如不加控制就会酿成悲剧；二是羡慕要有度有节制，须知，羡慕是一种精神会餐，许多羡慕是根本无法实现的，所以只能偶一为之，不能老是沉浸其中，自我折磨；三是对羡慕对象不要过于理想化，人们往往夸大被羡慕事物的美好程度，真正得到后，会感到"不过如此"，反而会更加失落。

著名学者费孝通有名言："各美其美，美人之美，美美与共，天下大同。"天生万物，各有长短，人无完人，皆有利弊，明白这个道理，我们固然要羡慕别人，发现、欣赏他人之美，即"美人之美"；更要自重自爱，挖掘自身之美，即"各美其美"；再到相互欣赏、赞美，最后达到一致和融合，这才是我们追求的理想境界。

分寸

1939 年冬，周恩来在八路军重庆办事处讲话说："对国民党要既合作又斗争，态度太硬了会吓跑他们，态度太软了会被人欺负。在抗日大局为重的前提下，我们会有一些妥协和调整，但原则问题决不退让，这需要高超的斗争艺术，关键是把握分寸。"正是由于善于拿捏分寸，统一与斗争相结合，尽管磕磕碰碰，但国共合作的局面一直维持到抗战胜利。

分寸，即说话或做事的适当限度。所谓高人，就是善于把握分寸，说话办事有分寸，与人交往有分寸，撰文著述有分寸，治国理政有分寸，外交斗争更要有分寸。一旦乱了分寸，手足无措，结果就会很糟糕，或授人以柄，进退维谷，或受制于人，处处被动。

大伙可能都看过厨师颠勺，那可不是玩酷，而是控制火候的一种辅助手段。中餐炒菜，特别讲究火候的分寸，除了掌握火候以外，还通过颠勺使菜肴在勺内均匀受热，汁芡包裹也更为匀称。技术娴熟的厨师，何时颠勺，颠几下，颠多高，都有分寸。由此想到一句古语："治大国如烹小鲜。"炒菜要讲究火候大小的分寸，治国也要把握宽严缓急的分寸，运用之妙，存乎一心。

《菜根谭》说："文章做到极处，无有他奇，只是恰好；做人做到极处，无有他异，只是本然。"这是讲做文章的分寸感，不论用什么修辞办法、写作形式，都要适可而止，以防过犹不及。引经据典是赋诗著文常用手段，但引用太多则有"掉书袋"之嫌，辛弃疾的词大气磅礴，构思奇妙，就是用典过多，因而屡被后世诗评人诟病。还有《三国演义》，由于作者捧刘贬曹的倾向太明显，不遗余力地为刘备脸上贴金，反而适得其反，显得有些虚假，鲁迅就批评说："刘备之德近乎伪，孔明之智近乎妖。"这其实就是失去了作文的分寸感。

还有看病，老医生的经验，归结到一点，就是分寸的把握更老到、更合理。我认识一个老中医，每天早上五六点钟，就有人排队挂他的专家号，到了晚上八九点钟，他才看完最后一个病号。他常对人说，是药三分毒。很多味药，开的量合适，就是救命药，开的量过了，就成了虎狼药，重要的是掌控分寸。他说的简单，但要做到这一点，恐怕没几十年的行医实践不足以成其事。《红楼梦》里，尤二姐就是服了胡庸医的虎狼药，孩子流产，自己也肝肠寸断，万念俱灰，最后吞金自尽。

说话既是交际手段，也是一门艺术。所谓会说话，就是分寸感把握的好，不说过头话、夸张话，不说情绪话、绝对话，说话留有余地，以便将来好转圜。酒桌上的话为啥不可信，因为酒徒们被酒精刺激的神经分寸已乱，什么话都敢说，说什么话都不过脑子，说过什么自己都忘了，谁若信这个话就是傻子。

常听到有人非常自信地表示"我自有分寸"，即我不会做出超出寻常或不当行为的，会考虑实际情况而作出相应决定。不论是派他去办棘手交涉，还是去处理复杂难题，我们就会对其说话办事有了几分放心。当然，要做到"自有分寸"，也没那么容易，须有坚定不移的信念，宠辱不惊的镇定，随机应变的能力，能伸能屈的度量，方可说话有条理，办事有章法，像蔺相如那样不辱使命，完璧归赵，像诸葛亮那样舌战群儒，折冲樽俎。

分寸无所不在。交友有分寸，亲密有间，和而不同，可成益友；经商有分寸，有钱大家赚，前半夜想自己，后半夜想别人，生意才能长久；饮食有分寸，拒绝暴食暴饮，可得一健康身体；娱乐有分寸，可以欢愉身心，免以玩物丧志……我们每天都生活在分寸中。

"谢绝"的智慧

美国化学家弗朗西斯·克里克，在获得诺贝尔奖后，就为自己拟订了一份通用的谢绝书："对您的来函表示感谢，但十分遗憾，他不能应您的盛情邀请而给您签名，赠送相片，接受采访，发表广播讲话，在电视中露面，赴宴和讲话，充当证人，阅读您的文稿，作一次报告，参加会议，担任主席，充当编辑，接受名誉学位，等等。"克里克不无智慧的谢绝，虽然少了"人情味"，但却避免了无数麻烦，省去了许多无意义的社交应酬，节约了大量宝贵时间。

大概名人、要人、成功人士都会遇到类似的麻烦，都需要拿出谢绝的勇气与智慧，所以，需要学会谢绝。谢绝和拒绝还不一样，谢绝，基本都是好事或善意，至少当事人是这样认为的；拒绝，只要把脸往下一拉，把头一摇就行了。谢绝，则既要把事情回掉，还要感谢人家的"好意"；既要语言委婉，合乎情理，又要坚决而不妥协，所以，如何措词，还要费一番踌躇，需要点智慧。

钱钟书先生生性淡泊，最烦应酬，特别是晚年，几乎谢绝所有宴请、演讲、兼职和采访，尽管人家都是好意。可钱先生不这样看，"吃到一个鸡蛋觉得很好，就有必要去见下蛋的母鸡吗？"他这样谢绝那些希望拜见他的读者，倒也不失幽默诙谐。而对于种种胡吃海喝的宴请，他又这样谢绝：不愿"花些不明不白的钱，吃些不干不净的饭，见些不三不四的人，说些不痛不痒的话"，似乎直而有余，巧妙不足，但更见先生之清高狷介，也更有成效。话都说到这个份上了，谁还好意思再上门相邀。

老作家茅盾是个很温和厚道一个人，他的谢绝，也很客气，带有商量的味道。1958年3月，茅盾给作家协会办公室写了一封信说："现在写一点我个人的规划，可是规划是订下来了，能不能完成，要看有没有时间。这就希望领导的帮助。一、帮助我解除文化部长的兼职和政协常委的兼职；二、帮助我解除《中国文学》和《译文》的两个兼职；三、帮助我今年没有出国任务。如果照上面所说，一面挂名兼职这么多，一面又不得不把每星期五分之二的时间用在开会、酒会、晚会等三种'会'上，那么我就只能不写小说了……"正是因为他的谢绝太过客气，不够决绝，当然还有"工作需要"，所以不大奏效，他不得不日复一日地泡在开会、酒会、晚会上，写作计划基本落空，在他后半生的30年里，没有一部有影响作品问世。

与茅盾相反，诺贝尔文学奖得主匈牙利作家伊姆雷·凯尔泰斯，在谈到其成功的最大诀窍，就是"善于谢绝各种邀请和应酬，成功地关上了自己的门"。他一向谢绝采访，谢绝各种会议，谢绝入选名人辞典之类，以至于《中国大百科全书》的外国文学卷，《东欧国家文学史》、几种版本的《世界文化名人辞典》，都查不到他的名字。也正是因为他谢绝了几乎所有与写作无关的活动，才得以集中精力时间去从事他钟爱的文学创作，卧薪尝胆默默无闻地耕耘了大半辈子，那么，最终问鼎诺贝尔文学奖，也在情理之中。

人生苦短，转眼百年。学会谢绝，可以帮你节约时间；学会谢绝，可以帮你集中精力干事情。那么，就请你适时关上电话和电子信箱，以减少各种"热情"干扰。那些可有可无的应酬，充当"花瓶"的作秀，五花八门的研讨会、颁奖会、演讲会，电视台的名人访谈，名目繁多的大赛评委，能谢绝就坚决谢绝，这里不妨学学钱钟书先生的幽默而决绝的精神，学学克里克先生的巧妙措词和不妥协态度。

倾倒

　　某日，法国第一夫人布吕尼在进入法总统官邸爱丽舍宫时回头嫣然一笑，这回眸的一笑可谓迷倒众生，一名法国卫兵见状后腿软顿时瘫倒在地，直到同伴搀扶才踉跄地起身。英国《每日邮报》调侃说，法兰西共和国的卫兵不履行保卫领导人的职责而瘫倒在地，到底应该怪谁呢？那只能怪第一夫人无法阻挡的魅力了，一身简单的蓝色抹胸礼服，加上足以令人倾倒的微笑，就足够了！

　　白乐天的《长恨歌》中有名句："回眸一笑百媚生，六宫粉黛无颜色"原来还觉得只是诗人的浪漫和夸张，现在看来还真有这么回事。杨贵妃咱没见过长啥样，不知道究竟美成什么程度，咋就会迷得李隆基"从此君王不早朝"。法国第一夫人布吕尼的照片可到处都是，的确是倾城倾国，要个有个，要样有样，要风度有风度，要狐媚有狐媚，无怪乎连见多识广阅人无数的总统官邸卫兵也会为之倾倒。美的力量真是不可抵挡啊。

　　爱美之心，人皆有之。甭说是一个正值血气方刚荷尔蒙分泌旺盛的普通卫兵，就是正气凛然的万世师表孔夫子，不是照样倾倒在卫国大美女南子石榴裙下。子见南子，不仅在当时轰动一时，连孔子的弟子子路都觉得丢人，逼得孔子再三在子路面前发誓赌咒，就是今天，电影《孔子》还有滋有味地在这一轶闻上大做文章。

被称为"晚清三杰"的曾国藩，道学功夫非常到家，自称是"心如止水"，可也有倾倒在美色面前的"不良"记录。他去一个朋友家做客，回来后在日记中反思道：今日赴宴，看到朋友堂客非常漂亮，不由得心旌荡漾，多看了几眼，颇为失态。

不过，令人倾倒不仅仅只因为容貌，具有出众的才学、识见、风骨、气节，也都会被人倾倒。因外貌而倾倒是人的自然本性，所谓"食色性也"；因才学等倾倒的则是社会本性，更是文化美谈。京城小说家汪曾祺被请到外地上课，一美丽女主持人亲自上台奉茶，不小心被电线绊倒，狼狈不堪，站起来后自嘲说："我今天真的被你'倾倒'了！"一语双关，反应机敏，引来听众一片掌声。

我们绝大多数人都没有被人倾倒的外貌资本，但可以通过自己的奋斗而取得出众才识和过人功业，照样被人倾倒。鲁迅先生貌不出众，五短身材，可是却有无数崇拜者，成千上万的青年男女为他而倾倒。大画家毕加索直到八十高龄，仍新作不断，魅力不减，拥有大批粉丝，还有不少妙龄少女为之倾倒，甘愿做其情人，也颇令人羡慕。

为美貌绝色倾倒，要感谢造物主鬼斧神工；为才华功业倾倒，会激励有志者奋斗之心，都是难得好事，当为之浮一大白。

择偶的眼光

男婚女嫁，人之大伦。旧时"父母之命"那种就不说了，倘自己做主，虽"自由"了，但要觅得"佳偶天成"，也是需要眼光的。特别是女性，要找一个可相托终身的夫婿，必须看准，若看走了眼，会后悔一辈子，不是有句老话说，"女怕嫁错郎，男怕进错行"。

但是，择偶时，能看到一个人的漂亮、帅气、高大、魁梧，看到他的行头、汽车、洋房、工资单，这可不算眼光，傻子也能看到；如果能看到一个人的内涵、潜质、发展空间与未来的上升高度，那才真叫眼光。

唐懿宗时宰相王允的女儿王宝钏，天生丽质，金枝玉叶，那么多皇孙王子都没看上，却偏偏看上了勇敢、机智、大气的落魄公子薛平贵。为此，她不惜与父母决裂，搬出相府，薛平贵入伍后，王宝钏独自一人在寒窑中苦度18年。后来薛平贵登上了西凉国的王位，王宝钏也成了正宫皇后，夫贵妻荣，成了一段佳话，被屡屡编成戏剧、电影，久演不衰。

看错人的事，也不罕见，常教人唏嘘叹息。《西京杂记》记，汉武帝时会稽人朱买臣，虽以砍柴为生，但喜欢读书，胸有大志。其妻死活看不上他，骂他说："像你这种人，终究要饿死在沟壑中，怎能富贵？"执意要离婚再嫁。可没过几年，朱买臣就发迹了，接连升官，红得发紫，后来被授予会稽太守。上任路上，浩浩荡荡，不意看到前妻和丈夫也在为其修路的队伍里，就停车载上他们到太守府并安置在园中，供其好吃好喝。他的前妻又羞又愧又悔，仅过了一个月，就上吊而死。

王宝钏一事，似乎传奇色彩太浓，朱买臣之例，演绎成分也不少，不妨再看看现实版。燕妮出身贵族，美丽绝伦，是典型的"白富美"，身边有众多条件优越的追求者，她却看上了个子不高，貌不惊人，又是平民子弟的马克思，而且还爱得很痴情。她在情书里写道："我的亲爱的、唯一心爱的：你的形象在我面前是多么光辉灿烂，多么威武堂皇啊！"事实证明，燕妮是有眼光的，她用青春和爱情帮助一个伟人走向成功，自己也成为不朽。

其实，我们身边也不乏这样的例子。我有个姓吴的战友，家居农村，其貌不扬，但很内秀，他暗恋上了漂亮的团卫生队医生小于。后来，就鼓足勇气给小于写了一封情书，文采飞扬，一往情深，既有思想，也挺幽默，让小于有些动心。交往几次后，小于深为他的才华所折服，决心以身相许。虽然大家都觉得他们不般配，条件相差太多，但小于还是毅然嫁给了小吴。小吴转业后，几经升迁，成了一个大都市的副市长，是所有转业战友里职务最高的一个。战友聚会时，大伙常开玩笑说，小于当年就是有眼光，早就看好了这个潜力股。

形容眼光的词很多，诸如高瞻远瞩，明察秋毫，洞若观火等，但那大都是用来形容政治家的，不适合咱平民百姓，尤其是用到找对象这事上。形容找对象的眼光，就是看得准，有眼力，嫁对人了。具体来说，就是要看得远一点，不光要看到他现在怎么样，还能预测到他将来会怎么样，只要志向远大，刻苦坚忍，士兵成为将军，小工变为老板，都不是什么稀罕事；看得深一点，不光要看到他的表面，脸蛋光不光，还要看到他的内涵，肚里有没有货色，不要光看他的家世是否显赫，还要看他自己有没有真本事；看得透一点，从甜言蜜语的表白里，要看出有几分虚假的内容，从无微不至的讨好里，要看出有多少表演的成分。这样，你选中的配偶，即便不是有雄才大略的未来之星，出类拔萃的成功人士，也会是本本分分过日子的"经济适用男"。

珍惜你的"小确幸"

村上春树的随笔集《兰格汉斯岛的午后》里有一篇"小确幸"的文章，他说，生活中有很多"微小但确切的幸福"。村上举例说，自己选购内衣，把洗涤过的洁净内衣整齐的放在抽屉中，就是一种微小而真确的幸福。他最后写到："如果没有这种小确幸，人生只不过像干巴巴的沙漠而已"。

若按村上的标准，我们每人都有许多"小确幸"，只是平时不在意、不珍惜、不当回事罢了。文学评论家金圣叹的 33 则《不亦快哉》，讲的都是"小确幸"，如乘凉、喝酒、闲读、吃瓜、洗澡、观景等，没有一则是"高大上"的，居然成为传世之作。后来的林语堂、梁实秋、三毛、李敖、贾平凹也都做过这样的"不亦快哉"体的文字，讲的也无非是看电影、读闲书、喝咖啡、嚼槟郎、抽烟斗、赶酒席、听乡音等生活琐碎，难归"形而上"行列。不夸张地说，无论平民百姓还是社会名流，一生中百分之九十五的幸福都是"小确幸"，而"洞房花烛夜，金榜题名时"那样的大号幸福，一辈子也赶不上几回。

以我为例，就职高校，业余写作，无大才具、大志向，但善于自娱自乐，也自我感觉良好。因为出身平民，我没有与人"拼爹"的自豪；平时不炒股、不买彩票，注定不可能有一夜暴富的幸福；不走仕途，不结交权贵，亦无出将入相的荣耀。我的幸福清一色都是"小确幸"，在学校教学效果不错，被学生打优良成绩，沾沾自喜；在报刊上发个豆腐块，拿稿酬买烤鸭一只，回家与妻共享；多年老友来访，在门口大排档小酌，谈今说古，海阔天空；孩子周末来聚，做得一桌好菜，安享天伦之乐；参加一日游，到郊外登高望远，观花看柳……这些"小确幸"，门槛低，成本小，惠而不费，当然也微不足道，却充实了我的生活，愉悦了我的精神，使我的人生没有变成"干巴巴的沙漠"。

大千世界，人海茫茫，固然有气吞宇宙的英雄豪杰，叱咤风云的伟人贤达，但估计像我这样的平淡无奇的人还是要占绝大多数。他们默默无闻，无足轻重，生活中没有大起大落，大喜大悲，成功是小字号的，幸福是"小确幸"的，这就是现实，而且是很难改变的现实。如果好高骛远，把眼光总盯在那些"高大上"的幸福上，鄙视自己的"小确幸"，他就一定会活得很郁闷。相反，我们在生活中常可以观察到，那些知足常乐的小人物，有滋有味地咀嚼着自己的"小确幸"，毫不掩饰地向人炫耀自己的"小确幸"，往往是幸福指数最高的人。小区门口有个修鞋匠老张，因为腿有残疾，找的是个寡妇，老婆没有工作，靠捡破烂补贴家用。但他每天都有高兴的事，孩子学习好，得奖了；老婆捡破烂多卖了一二十元钱；自己揽得活多，生意不错；小区居民送他几件旧衣服；住上了廉租房等，就是这些我们看不上眼的"小确幸"，让他从来都是笑眯眯的，嘴里不停地哼着家乡小调，似乎自己是天下最幸福的人。

追求幸福是每个人的目标，幸福内容之大小轻重可能迥异明显，但享受幸福的心情却差别不大。两个性情相投的穷朋友，要一壶老酒，两盘小菜，揎拳捋袖，说古道今，那份快乐，丝毫不比品着路易十四，吃着龙虾鲍鱼的豪富逊色；一个看着丰收稻谷随风摇曳的田舍翁之喜悦心情，也并不差于盯着《福布斯》排行榜上自己名字的大老板。

珍惜你的"小确幸"，就是在护卫生命的绿洲。

你有啥了不起？

　　"你有啥了不起？"这是人们争吵时常用的一句很有杀伤力的话。两人口角时，只要此言一出，就会立刻令对手气馁志短，一溃千里——除非你真的了不起。前几年，曾有人在背后说我"有啥了不起？不就会写点豆腐块儿，报屁股！"传到我耳朵里，也使我颇为沮丧，好多天缓不过劲来。不过细想想，人家说得也没错，我也确实没啥了不起，他这样说我，也只能默默听着，谁叫你平庸无能呢。

　　我固然"没啥了不起"，但这世界上也确有不少了不起的人，谁也不敢轻易对他说"你有啥了不起？"就没人敢对贝多芬、牛顿说你有啥了不起？没人敢对钱学森、袁隆平说你有啥了不起？也没有人敢对马云、王健林说你有啥了不起？因为人家确实了不起，你不服气不行。譬如，谁要对袁隆平说"你有啥了不起？"人家袁隆平或许会这样回答，我是没啥了不起，也就是把杂交水稻试验成功，一年增产几百亿斤，不服气你来试试。会噎得你半天说不出话来。

　　当然，真正了不起的人都很低调，很谦恭，根本就不屑于去争论自己是不是了不起的无聊问题。科学家屠呦呦一直都没觉得自己有啥了不起，她没博士学位，没留过学，没有院士头衔，平静低调，默默无闻。可她一获诺贝尔奖，大家这才知道她真是个了不起的人，她和团队研制的青蒿素，每年都要救治几百万疟疾病人。"救人一命胜造七级浮屠"，屠呦呦们这份功德说多伟大都不为过。

反之，如果一个人眼高于顶，牛皮哄哄，觉得自己很了不起时，他就离"没啥了不起"不远了。当年，拿破仑率领几十万大军翻越阿尔卑斯山时，骄狂得不可一世，放言"我比阿尔卑斯山还要高"，可没多久，他就被俄军打得一败涂地，几乎全军覆没，狼狈不堪地逃回法国。紧接着滑铁卢一战，他又大败于英、普联军，结束了政治生命，被送到一个小岛度过残年。

所以，当一个人确实"没啥了不起"时，就应自强不息，发奋拼搏，掌握点了不起的本事，成就一番了不起的功业，做出点了不起的贡献，留下点了不起的思想，总之一句话，努力争取使自己变得"了不起"，让人对你竖起大拇哥。而你如果真的到了"了不起"时，则要谦虚谨慎，沉稳低调，毕竟，天外有天，人外有人，你了不起，还有比你更了不起的人。成熟的稻穗都谦恭地弯着腰，只有空瘪的稗子才昂首挺胸，不可一世。

被人质问"你有啥了不起？"的确是很郁闷也很受伤的，怎么办？一是认了，我就是没啥了不起，你爱说啥就说啥；二是拼了，卖了孩子买蒸笼——不蒸馒头蒸（争）口气。我要拼命去干，让自己变得了不起，京剧表演艺术家张英杰就是例子。他在《粉墨春秋》里回忆说，那会儿谭鑫培叫"小叫天"，我说我就叫"小小叫天"吧。不料有人瞧不起我说："你有啥了不起？也配叫这名儿！"这一下把我说火了，我干脆就把艺名定为"盖叫天"。为争这口气，他拼命练功，苦心孤诣，并博采众长，最后终于成了京剧名角，有"江南活武松"之誉，并形成了独具特色的"盖派"表演艺术。

　　当然，世界上想了不起的人多如恒河之沙，而真正称得上了不起的人却寥寥无几。这是因为，"要得生富贵，须下死功夫"，哪一个了不起的人，都不是白给的，都不会一帆风顺，都要"在盐水里泡三次，在血水里浴三次，在碱水里煮三次"，吃得炼狱之苦，忍得牛马之劳，"为伊消得人憔悴，衣带渐宽终不悔"，方有可能跻身了不起的队伍。因而，每一个想了不起的人都须先扪心自问：你做好这些准备了吗？

"忍"出的境界

学者张中行在《婚姻》一文中说："世间的一切事物，都可以分等级，婚姻也是这样。以当事者满意的程度为标准，可分为四个等级：可意，可过，可忍，不可忍。"单说这"可忍"，虽不大好听，但却是求实之言，婚姻的进程，也是夫妇相互包容的过程，有了一个忍字，就能求同存异，化解矛盾，把日子过下去。至于"不可忍"，即感情已彻底破裂，这日子没法过了，分道扬镳就是最好出路。

似乎为了证实张中行的说法，词作家乔羽也用了个"忍"字来诠释自己的婚姻保鲜秘诀。1994 年 6 月 19 日，乔羽、佟琦这对恩爱夫妻迎来了结婚四十周年纪念日。庆祝场面很大，亲朋好友加媒体记者，济济一堂。记者问："你们两个在许多方面都差异极大，怎样走过 40 年呢？"乔羽回答："如果说实话，我只有一个字——忍。"夫人赶紧补了一句："我有四个字：一忍再忍。"佟琦解释说："不忍能行吗？他以前脾气特别好，一般都让着我；现在老了，个性强了，一点小事就发脾气，常常是我倒过来哄他了。"一个"忍"，一个"一忍再忍"，两人一晃就大半辈子过去了。可见，忍是夫妻相处的最好润滑剂。时下一些小夫妻动不动就闹离婚，起因大都是些鸡毛蒜皮小事，就是因为缺乏一个"忍"字，最后导致劳燕分飞。

忍，不仅有益于夫妻和睦，同样也有益于大家庭里父母、子女、婆媳、翁姑之间的和谐相处。《旧唐书》记，郓州寿张人张公艺，九代同居，合家九百人，父慈子孝，兄友弟和，夫正妇顺，姑婉媳听。唐麟德二年，高宗与武则天率文武大臣去泰山封禅。路过寿张，慕名过访。问张何能九世同居？公艺答："老夫自幼接受家训，慈爱宽仁，无殊能，仅诚意待人，一'忍'字而已。"遂请纸笔，书百"忍"字以进。高宗连连称善，并赠绢百端，以彰其事。这位张公艺可谓世上最能忍的人，所以小日子过得红红火火，兴旺发达。现如今，能三代人和睦生活在一起的都不多，原因无他，就是彼此之间不能忍，不同的习惯、嗜好、秉性、脾气、代沟，都会使亲人之间的关系变得"忍无可忍"。

能忍，不光对我们的生活和美有所裨益，而且对我们的事业成功也帮助不小。忍，往往意味着宽容、大度、睿智、豁达；能忍，不仅能忍出胸怀，还能忍出境界，忍出机遇。蔺相如对廉颇一忍再忍，就忍出了大局为重的高风亮节；邓小平对"三起三落"的隐忍坚韧，终于等来了云开雾散大显身手的历史关头。大凡有作为的人，都深谙"小不忍则乱大谋"的道理，不论是忍辱负重，还是忍气吞声，其所以隐忍不发，都是在争取时间，积蓄力量，耐心等待，寻求翻身出头的最佳时机。

忍，还是一种斗争策略。昔日，文王忍得丧子之痛，孙膑忍得膑脚之羞，勾践忍得尝粪之耻，韩信忍得胯下之辱，血滴在心里，牙咬碎咽下，后来皆成就大业。倘若当时不能忍，发作起来，暴露本心，文王肯定回不来西岐，孙膑必然逃不出虎口，勾践也得不到赦免，韩信更躲不过刀剑，哪还有后来的卷土重来，咸鱼翻身？国人历来讲究能伸能屈，屈就是忍，忍，能掩盖自己的真实意图；能麻痹对手，令其放松警惕，懈怠意志；最后对其突然一击，打败对手。所以，遇到一个特别能忍的人，你要警惕了，这个看似低调的人可能是你最强劲的对手。

"忍得一时之气，免得百日之忧"。但忍不是无原则的、无限度的、无目的的，到了实在忍无可忍时，就无须再忍，"该出手时就出手"。所以，为忍而忍，一味忍让，也未必是好事，那可能就真正成了软蛋、熊包、怂人，成了扶不起的阿斗。

谁都不能小看

有一次，我和球友在乒乓球馆打球。自认为受过名师指教，技术不错，胜多败少，就不免有些自大，看不起那些初学者，不愿和其交手。旁边有一老者观战，其貌不扬，衣衫不整。看我们打了一会儿，就提出也想一起切磋两下，我颇小看他，就很不情愿地把台子让给他。没想到，他一开打就来了个下马威，把我的球友打了个不及格。我不服气，接着和他交手，结果输得更惨，连打三局都只拿到二分、三分，那脸丢大了。后来一问，原来老者是前省乒乓球队教练，曾拿过全国冠军。回去的路上，球友大发感慨：没想到这老先生水那么深，真是人不可貌相。我也深有同感：天外有天，人外有人，谁都不能小看啊！

的确是这个道理。天下滔滔，人海茫茫，世界上有王侯将相，也有贩夫走卒，有贤达名流，也有平常百姓，虽然人分三六九等，尊贱有别，贤愚分明，但谁都不能小看，小看谁都有可能惹麻烦，出情况，小者丢人现脸，大者身败名裂。因为，大人物固能倒海翻江，乾坤再造；小人物也能秤砣虽小压千斤，一丸泥封函谷关。

公元前 607 年春天的一个傍晚，宋国军营灯火通明，主帅华元正在犒赏三军，以迎战郑国军队。华元的车夫羊斟没有分到羊肉，独自躲在角落里啃干粮。有人建议给羊斟一块羊肉。华元撇了撇嘴，不屑地说："打仗又不靠他！"翌日，决战开始。两军鏖战正酣，忽然，羊斟驾着华元的战车冲向郑军阵营。眼看要孤身陷入敌阵，华元急忙呵斥羊斟，车夫回应："畴昔之羊，子为政；今日之事，我为政。"意思是说，以前分羊肉的事，您说了算，今天驾车的事，我说了算。说话间，战车已经冲进敌营，郑军一哄而上把华元捆了个结实。看到主帅被俘，宋军人心涣散，顷刻间一败涂地。小看一个车夫，导致了战争的失败。

楚汉相争之际，熟读兵书、有经天纬地之才的韩信，一开始在项羽大帐里当一个普通侍卫。一次，他向项羽献计，项羽不耐烦地翻翻白眼：一个大兵懂个啥？站你的岗去吧。一气之下，韩信连夜投了刘邦，由萧何力荐，被封为大将军，统领百万大军，所向披靡，势如破竹，把项羽打得节节败退。尤其是最后的垓下之战，韩信精心布下十面埋伏，把项羽围得如铁桶一般，最后弹尽粮绝，走投无路，只有霸王别姬，自尽乌江。小看一个大兵，居然改变了历史进程。

1894 年 1 月，孙中山苦心孤诣写了一篇近万言的上书李鸿章的文稿，提出了富国强民的四项纲领性意见。但高高在上、炙手可热的李鸿章哪里会看得起一个穷酸读书人，收到"上书"后，既不看，也不理，束之高阁。李鸿章傲慢不屑的态度使孙中山苦心筹划、费时经年的上书求强行动归于失败，他对清朝统治者的最后一线希望也化作了泡影。从而走上了武装推翻满清的道路，用大炮来发言，这个李鸿章看不上的小人物，终于在 1911 年为几千年的封建帝制画上句号。小看一个布衣，就有了轰轰烈烈的改朝换代。

余者还有，吴王夫差小看了身为俘虏的亡国之君勾践，没想到人家卧薪尝胆，咸鱼翻身，反倒要了自己小命；刘备小看了"儿童团"陆逊，结果被火烧连营，几十万大军土崩瓦解；努尔哈赤小看了书生出身的袁崇焕，骄傲轻敌，兵败宁远，被明军火炮击中毙命……大千世界，芸芸众生，人和人其实都差不多，强也强不到哪里去，弱也弱不到哪里去，倘若你没有强大如天神，智慧若佛祖，就没资格小看任何一个人，就要尊重每一个同类，这既出于理智也出于道义。而那些眼高于顶、目空一切者，往往是最易摔跟头的人。

第二辑　文史札记

著名歌星孔夫子

近日再读《论语》，又有新发现，这孔夫子确实是个超级"牛人"，原来他不只是个大学问家、大教育家、大思想家，而且还是个唱功不俗的"歌唱家"，其演唱水平、音乐造诣、敬业精神，样样都值得今天的歌星效仿。

孔子真心热爱唱歌，敬业精神极强。李长之的《孔子的故事》说："歌唱已是孔子日常生活中不可缺少的一部分。除非这一天有出门吊丧等哀戚的事，他才停止唱歌。"孔子是发自内心地喜欢唱歌，练功不辍，还从不走穴。不像今天的某些歌星，平时只知道吃喝玩乐，不练声、不练唱，水平不咋样，还特爱走穴，一请就来，可一上台就慌神，不是假唱，就是忘词，被观众鼓倒掌，轰下台。

孔子不仅歌唱得好，而且还长于谱曲，是个了不起的作曲家。司马迁说他把《诗经》"三百五十篇皆弦歌之，以求合韶武雅颂之音"，这可是个不小的项目，放在今天，肯定能得"'五个一'工程奖"。相比之下，现如今歌星会谱曲者，恐怕是寥寥无几，有的甚至连简谱都不认，得靠人家一句一句教，在录音棚里再合成。

孔子还善于作词，即兴唱歌是他的一绝，常常是不假思索，出口成章。鲁国大夫季桓子爱好靡靡之音，接受女乐后，竟然三日不听政，孔子感到失望，决定离开。师己去送行，孔子歌曰："彼妇之口，可以出走；彼妇之谒，可以死败。盖优哉游哉，维以卒岁！"短短几句，合辙压韵，有情有意，语重心长，十分贴切。

孔子的器乐水平也好生了得，吹拉弹唱无所不能，管弦丝竹样样精通。他还是音乐理论家，对音乐有精湛深刻的见解。郭沫若曾经评价孔子说："孔子并不是一位'为艺术而艺术'的艺术家，他谈到乐每每要和礼联系起来，而礼乐也不是徒重形式……他所注重的是礼乐的精神。他要用礼乐内以建立个人的崇高人格，外以图谋社会的普及的幸福。"这就更让时下一些歌星望尘莫及了。

孔子还没有门户之见，谦虚好学，不耻下唱，不搞歌星相轻。《论语·述而》说："子与人歌而善，必使反之，而后和之。"意思是说，孔子和别人一起唱歌，谁唱得好，就一定请他再唱一遍，然后自己又唱一遍。依孔子那样高的身份地位，还能做到这一步，实在是难能可贵了。不像今天的某些歌星，张三唱过的歌，李四就不屑于再唱，觉得丢面子；同台演唱，则争风头、争唱压轴，比耍大牌，常闹得不亦乐乎，乌烟瘴气。

孔子当万世师表，人人服膺，代代尊崇；没想到他作为歌唱家也卓尔不凡，出类拔萃。因而，依我管见，如果众多歌星们到现在还没有个正儿八经的祖师爷，干脆就认孔夫子算了，也别跟梨园弟子们挤在一起敬唐明皇了，香烧了，头磕了，人家还不待见，何苦来着。

四个太后四台戏

　　中国历史上皇帝寿命一般都比较短，常常留下孤儿寡母，孤儿一登基，寡母自然就成了太后。子幼识短，无力自保，太后干政是很常见的事，其中既有轻松胜任长袖善舞的，也有费尽心机捉襟见肘的。干政之初，她们都会首先遇到一个突出问题：先帝留下的强势大臣对新皇帝的威胁。太后与那些权倾一时的大臣，势必会有一番恶斗，明枪暗箭，你死我活。那些最后成功胜出的太后，大都胆识过人，非同寻常。其中最出色的有四位：北魏的冯太后，西辽的萧太后，清初的孝庄太后，晚清的慈禧太后。

　　冯太后是忍辱负重，以智取胜。当时，丞相乙浑专权跋扈。一手遮天，气焰十分嚣张，不仅觊觎皇帝的宝座，还垂涎于冯太后的美色。皇帝刚一断气，他就急不可耐要取而代之，杀气腾腾，步步紧逼。冯太后思来想去，别无良策，满朝大臣，多为乙浑党羽，谁也靠不上，就得自己亲自出马。于是，她精心准备后，下诏请乙浑进宫议事。乙浑正中下怀，见到太后，便欲火中烧，动起手来，太后也曲意逢迎，用尽浑身解数，把乙浑弄得神魂颠倒，一夜几番云雨，筋疲力尽。夜里，乙浑口干喝水，冯太后把早已准备好的毒药放进碗里。第二天，太后召集大臣上殿，当众抬出乙浑尸体，随即又清理了几个乙浑的死党，提拔了几个贤能之臣，终于稳住了局势，避免了一场刀兵相见、江山易手的悲剧。史载，冯太后聪明果决，长于权术，以重管、重罚驾驭群臣，为其所用。

萧太后是大智大勇，刚强果断。辽景宗去世后，才三十岁萧太后与十二的儿子辽圣宗的位置也岌岌可危，那些大臣勋旧咄咄逼人，屡屡捣乱，经常在一起密谋，欲造反篡权。萧太后不愧为女中豪杰，她首先争取了朝中重臣耶律斜轸和韩德让的支持，然后对那些心怀异志的大臣和诸王采取了有打有拉，各个击破的办法，很快就瓦解了势力强大的敌对集团。对历来都是动乱根源的皇族，她在权力上进行坚决限制，又在经济上让他们多得好处，不断赐给他们牛羊、珠宝，争取不让他们干政。对有战功的将领，则不惜厚赏，赠予爵位，允许世袭，但警惕他们拥兵自重，经常调换职位。她还刻意笼络一批青年将领，破格提拔，给予重用，经常招来和辽圣宗一起宴饮打猎，建立友谊，为他的儿子将来所用。萧太后的高明之处，就在于她兵不血刃，不动声色地化解了皇族大臣对政权的威胁。不仅如此，在摄政期间，她励精图治，选用汉人，开科取士，消除番汉不平等待遇，劝农桑，薄赋徭，内政修明，军备严整，纲纪确立，上下和睦，与宋讲和，坐收岁币之力，经济文化高度发展，使辽朝达到鼎盛时期。

清孝庄太后则是以柔克刚，以智取胜。皇太极猝死，诸王兄弟相争为乱，窥视神器。皇太极长子豪格，皇太极兄代善，弟多尔衮、阿济格、多铎均紧张地四处活动，不惜兵戎相见。在这关键时刻，孝庄凭着自己的宠贵地位和聪明才智，笼络各方势力，尤其是关键人物多尔衮。多尔衮手握兵权，功高震主，如果想取而代之，易如反掌，大家都预料多尔衮的上台是早晚的事。可他却在孝庄太后的怀柔手段面前停住了逼宫的脚步，孝庄太后以自己的温柔、智慧、贤能，可能还有美貌，化解了多尔衮心里翻腾的对最高权力角逐的疯狂欲望，叔嫂二人相安无事多年，福临的龙椅也安然无恙，这不能不是个奇迹。野史多有记录，说多尔衮迷恋于孝庄太后的美色，中了美人计，我觉得不大可信。以多尔衮的地位，什么样的美色弄不来？况且，孝庄太后那时已是残花败柳，即便是风韵犹存，哪里比得上二八娇娃更能悦人声色？

　　相比较而言，慈禧太后的处境最凶险，敌人最强大，她的胜利也最彻底，收获的果实最丰硕，她把持朝政竟然长达半个世纪，是中国近代史上的最大悲剧。慈禧太后工于心计，应敌招数也特别复杂，面对以肃顺为首的顾命八大臣的步步紧逼，她采用了声东击西，内外勾结，以弱示人，突然发难，擒贼擒王，各个击破的战法。结果是大获全胜，把顾命八大臣杀得丢盔卸甲。一个 26 岁的青年女子，心机如此缜密，部署如此老到，态度如此决绝，手段如此毒辣，确实令人叹为观止。可惜的是，她捣鬼有术，治国无方，害人有技，做事无能。既无冯太后的政治智慧，也无萧太后的开明思想，更无孝庄太后的宽容精神，于是，大清王朝在她手里，风雨飘摇，每况愈下，今天割地，明日赔款，内忧外患，民不聊生。她还拼命挥霍，生活奢侈，把国家几乎推到了崩溃的边缘，临死的时候还硬拉着光绪皇帝垫背，断送了清王朝最后一点希望，何其昏聩，何其狠毒。最近披露的消息说，经过多年研究，运用多种高科技手段，终于证实了光绪死于砒霜中毒的猜测，老妖婆又要被坐实一桩罪恶。

　　四个太后四台戏，生旦净末皆精彩。或刀光血影，或以柔克刚，或惊心动魄，或一波三折，八仙过海各显神通，一个个都演得有声有色。大幕落下，铅华洗尽，"是非成败转头空"，留给我们无限的思考与回味。

美文与美女

如今，"美女作家"泛滥，因为门槛很低，标准矮化，似乎能写点文章且有几分姿色的，都可以戴上这顶廉价帽子。可是，当我们见到心仪已久的"美女作家"真容时，往往会大失所望，大呼上当。甚至会因此不再读她的文章，尽管这很没道理。

张爱玲早就有过这种感觉。20 世纪 30 年代，张爱玲与苏雪林、冯沅君等几位女作家在聊天时，张爱玲说，在读了冰心的文章后觉得她一定是个大美女，但后来在看了冰心的真实照片后，才知道她其实长得实在不怎么样，心里就有种非常失望的感觉——她这话有些夸张。

其时，真正的美女作家，让林徽因挂头牌，估计女作家们都没什么异议，包括为人刻薄的张爱玲，自我感觉良好的苏雪林，自视甚高的冯沅君。虽然，因为对林徽因的美女加才女又嫁得好，当时"几乎妇女全把她当做仇敌"。可羡慕嫉妒恨也只能藏在心里，无法启齿。不过，也有人发出不同声音，那就是冰心。冰心倒不是对林徽因的相貌不认同，而是对她过于张扬的一些做派不以为然。就写了一篇小说《太太的客厅》，进行讽刺。林徽因很生气，立即送了一坛山西老陈醋给冰心，以影射冰心的吃醋。两人从此陌同路人，老死不相往来。

一生阅人无数的台湾作家李敖，在谈到美女标准时用了五个字：瘦、高、白、秀、幼。美文，其实也可借鉴这五个字来衡量。一是瘦，就是要惜字如金。那些臃肿肥胖的文章，啰啰嗦嗦的文字，像老太婆的裹脚又臭又长，是肯定难入美文圈子的；二是高，即见识要高，读完让人眼睛一亮，顿开茅塞，大呼其妙。那些人云亦云的论调，老生常谈的观点，平庸无趣的见解，也与美文无缘；三是白，不做作，不铺陈，近乎白描，少用锦绣之词，最忌绮丽之文，如"山中明月，江上清风"，自然而然；也不玩弄技巧，无技巧就是最高的技巧；四是秀，即文采斐然，富有韵味，文章耐读，朗朗上口，文贵奇崛，匠心独具；五是幼，为文要有赤子之心，敢想敢说，我手写我心，有锋芒，无忌讳，哪怕幼稚一点。而老油条的写法，八面玲珑之文，圆滑机巧之篇，则离美文远矣。

具体来说吧，读花蕊夫人的《述国亡诗》，虽瘦的只有区区 28 个字，完全不加雕饰的白描写法，境界却高到令天下须眉脸红，不动声色，美得冷峻；读李清照的《醉花阴》，别的不说，单是"莫道不销魂，帘卷西风，人比黄花瘦"三句，便压倒南宋词坛，令人绝倒，人淡如菊，独对西风，美得惊心；读冰心的美文《小橘灯》，《寄小读者》《繁星》《春水》，慈悲为怀，美得婉约；读林徽因的美文《你是人间四月天》，《窗子以外》《一片阳光》《蛛丝和梅花》，温婉清丽，美得娇艳……

爱美之心，人皆有之。美女是人间尤物，美文乃文中极品。著名作家柏杨说："世上美女少，才女更少，美女加才女少之又少。万一遇到，能娶则娶之，不能娶也要多看几眼，以志纪念。"他是现身说法，自己带头，寻寻觅觅大半辈子，到了第五任才娶到美女加才女的诗人张香华。我们可没他那样的艳福，毕竟，能娶，对绝大多数人来说是奢望；多看几眼，也没那么容易，要看机缘巧合；那就再退而求其次，多读读美女的美文，也是无上之享受啊。

"贱内"与"家父"

台湾明星大S曾发布一条微博说："老公的餐饮服务业能往这样美好的方向发展，贱内与有荣焉！"其中"贱内"一词，被《咬文嚼字》杂志评为当年十大错词之首。因为"贱内"是一个谦辞，是旧时男人对别人称说自己的妻子，大S这里显然弄错了，她这样说就成了"我的妻子同有荣誉"的意思，变成了老公的口吻。她如果一定要用旧称，以示"文雅"，那就应该是"贱妾与有荣焉"——旧时妇女谦称自己为"贱妾"。

无独有偶，早两年，央视某著名主持在访谈毛泽东孙子毛新宇的节目时，深情地安慰毛新宇时说："毛岸青去世了，向家父的过世表示哀悼。"现场顿时大哗，电视机前的观众也忍俊不禁，啼笑皆非。因为"家父"就是我的父亲的意思，这里该用"令尊"才合适，倘若按该主持的表达之意，就成了"向我的父亲的过世表示哀悼"，你真是太有才了！。

还有"夫人"，原来是用来尊称他人的妻子和下人对主人的妻妾的称呼，现在，主要是尊称别人的妻子为夫人，譬如"尊夫人"云云。而我们如今很多人都理所当然地对别人介绍自己妻子时说"这是我夫人"，甚至包括有些很有文化的人也是这么叫。虽然意思不错，大家都能理解，毕竟不是那么妥当，有失规范典雅。

除此之外，家尊、家严，是对人称自己的父亲；家母、家慈，是对人称自己的母亲；家兄、家姐，是对人称自己的哥哥、姐姐；内子，拙荆，是对人称自己妻子；外子、良人，是对人称自己丈夫；舍弟、舍侄，是对人称自己的弟弟、侄子；犬子、小女，是对人称自己子女；令尊、令堂，是对人称对方的父母；令郎，令媛，是对人称对方的子女，都是专属名词，倘用不好也会闹笑话。所以没有把握时，千万不要在大庭广众下瞎拽，干脆就说大白话，咱爹、咱娘、老婆、老公，这样虽然有些"俗"，但肯定保险，免得弄巧成拙，贻笑大方，留人话柄。

明末作家张岱在《夜航船》序里讲了一个故事：昔有一僧人，与一士子同宿夜航船。士子高谈阔论，僧畏慑，蜷足而寝。后来，僧人听其语有破绽，乃曰："请问相公，澹台灭明是一个人，两个人？"士子曰："是两个人。"僧曰："这等尧舜是一个人，两个人？"士子曰："自然是一个人！"僧乃笑曰："这等说起来，且等小僧伸伸脚。"接着张岱说："余所记载，皆眼前极肤浅之事，吾辈聊且记取，但勿使僧人伸脚则可已矣。"明星大S与主持朱军在"极肤浅之事"上的露怯，虽然不必小题大做，更没有"上纲上线"之必要，但也多多少少让我们生出些许小看之意，也禁不住想在其面前"伸伸脚"。

学无止境，天外有天。做学问固不容易，卖弄学问更要谨慎，如果没有真才实学，最好闭嘴低调，藏拙遮丑。特别是公众人物，众目睽睽之下，倘若真需要演讲、发言、致辞，那么，理应做足准备，弄不懂的词，查查《辞海》，念不准的字，翻翻《字典》，把握不好的典故，问问高人，翻翻《夜航船》《幼学琼林》等常识书，免得张冠李戴，信口雌黄，一旦被人说破，颜面全失，成人笑柄，就只能看人"伸脚"了。整天出头露面"以文化人"的人，还是自己先搞搞清楚为好，否则，以其昏昏，岂能使人昭昭？

睿智多思话列子

初冬的一日，阳光灿烂，天高云淡。我们十几个作家联袂到郑州东郊的圃田镇列子小学举行捐书活动，看了小学生表演的诵读列子文选节目，又祭拜了列子墓，瞻仰了列子纪念馆，收获颇丰，心有所动。

这里是战国时期著名思想家、寓言家、文学家列子的生养、长眠之地。列子，本名列御寇，信奉道家的与世无争思想，主张循名责实，无为而治。他一生安于贫寒，不求名利，不进官场，"列子居郑圃，四十年人无识者"，农耕之余，醉心读书著述，潜心撰文20篇，约十万多字。现在流传有《列子》一书，其作品在汉代以后已部分散失，现存八篇《天瑞》《黄帝》《周穆王》《仲尼》《汤问》《力命》《杨朱》《说符》。其中《愚公移山》《杞人忧天》《夸父追日》《两小儿辩日》《纪昌学射》《黄帝神游》《汤问》等脍炙人口的寓言故事百余篇，篇篇珠玉，妙趣横生，且影响极大，可谓家喻户晓，广为流传。其中《两小儿辩日》被纳入小学语文6年级下册第1篇课文。

列子贵虚尚玄，修道炼成御风之术，相传能够御风而行，常在春天乘风而游八荒。庄子《逍遥游》中就生动描述列子乘风而行的情景"泠然善也，旬有五日而后返。"他驾风行到哪里，哪里就枯木逢春，重现生机。飘然飞行，逍遥自在，其轻松自得，令人羡慕。唐玄宗天宝元年（739 年）李隆基封其为冲虚真人，其书名为《冲虚真经》。

列子贫富不移，荣辱不惊。因家中贫穷，常常吃不饱肚子。有人劝郑国执政子阳资助列子，以求好士之名，子阳就派人送他十车粮食，他再三致谢，却不肯收粮。妻子埋怨说："有道的人，妻子孩子都能快乐地生活，我却常常挨饿。宰相送粮你还不接受，我真命苦啊。"列子说："子阳并不真的了解我，只是听了别人的话才送粮给我。以后也可能听别人的话怪罪我，所以我不能接受。"一年后郑国发生变乱，子阳被杀，其党众多被株连致死，列子得以安然无恙。

列子一向低调，不喜张扬，为人谦恭，崇尚"和光同尘"境界，故而列子在历史上的事迹很少，但他的作品却影响很大，世代流传，篇篇闪烁着智慧的光芒，且浅显易懂，饶有趣味，短小精悍，意味深远，被誉为中国的《伊索寓言》。列子以后的许多学者名家都高度评价《列子》一书的思想与文化意义，并受到列子学说的启迪。毛泽东就非常喜爱列子的作品，多次在演讲和著述中引用列子的寓言。

古为今用，洋为中用，是毛泽东一向提倡的治学方法，他自己也是最成功的实践者。"杞人忧天"典出《列子·天瑞》。毛泽东曾在一次讲话中说：我们有些同志，就有那么一些怕，又怕房子塌下来，又怕天塌下来。从古以来，只有"杞人忧天"，就是那个河南人怕天塌下来。除了他以外，从来就没有人怕天塌下来。"千变万化"出于《列子·汤问》。毛泽东在《矛盾论》中指出：这种神话中的千变万化的故事，虽然因为它们想象出人们征服自然力等等，而能够吸引人们的喜欢，并且最好的神话具有"永久的魅力"，但神话并不是根据具体的矛盾之一定的条件而构成的，所以它们并不是现实之科学的反映。

当然，毛泽东引用最多的还是列子的《愚公移山》，据有文字正式记载，仅1938年、1939年，毛泽东就不下五次讲述了"愚公移山"的故事，以此来说明对革命事业应抱有必胜信念。如1939年1月28日在延安清凉山"抗大"第五期开学典礼上的讲演中，毛泽东说：我们是长期抗战，现在同志们都没有长胡子，等长了胡子了，抗战还未胜利，就交枪给儿子，儿子长胡子了，就交枪给儿子的儿子，这样下去，何愁抗战不胜，建国不成？这个道理是古时候一个老头儿发明的，我们打日本，也是这条道理。

1945年6月11日，在党的"七大"闭幕会上，毛泽东则以"愚公移山"为题发表演讲。在讲了愚公移山故事后，毛泽东话题一转，慷慨激昂地指出："现在也有两座压在中国人民头上的大山，一座叫做帝国主义，一座叫做封建主义。中国共产党早就下了决心，要挖掉这两座山。我们一定要坚持下去，一定要不断地工作，我们也会感动上帝的。这个上帝不是别人，就是全中国的人民大众。全国人民大众一齐起来和我们一道挖这两座山，有什么挖不平呢？"讲话极大地鼓舞了正在与日寇浴血奋战的抗日军民，是为夺取反法西斯战争的最后胜利进行的一次精神动员。

今天，国人正在为建设富强国家而努力奋斗，依然需要发扬愚公移山精神，万众一心，挖山不止，才能心想事成，好梦成真。

汉武帝的假哭

《汉书·东方朔传》记，汉武帝的妹妹隆虑公主老来得子，封昭平君，深得武帝宠爱，但他却骄横不法，酒后杀人，廷尉把他逮捕入狱后，特向武帝请示。武帝碍于法律，不好明令赦免。于是当众假意哭泣，想暗示廷尉免罪。一些大臣看出了皇帝的用意，纷纷为昭平君求情，也有一些大臣坚持要依法严惩，特别是东方朔故作糊涂，向汉武帝祝颂说："圣王执政，哭赏不避仇敌，诛杀不择骨肉。今圣上严明，天下幸甚！"此举使汉武帝难徇私情，不得不忍痛依法惩处了昭平君。

如果说刘彻是假哭，那朱元璋可是真恸。《明史》记，他有个宝贝女儿安庆公主，驸马是欧阳伦。朱元璋立法禁止私运茶叶去西域，违者严惩。别人都退缩害怕了，唯独欧阳伦依仗自己是皇亲国戚，照干不误。一次，他的私货被河桥吏查获，汇报到朱元璋那里。可叫他为难坏了，依律应杀头的，可这样一来，女儿就成了寡妇，以后还怎么过呢？如不杀，法律还有什么权威，驸马能公然走私而不受罚，其他人也可效法，法律成了一纸空文，还怎么治理国家？思来想去，他虽老泪纵横，肝肠寸断，但还是下决心依法处决了欧阳伦，并表彰了那个河桥吏的行为。此举虽然遭到女儿怨恨，但传播开来，那些走私分子都吓得纷纷改行，相互告诫，皇帝连驸马都敢杀，咱还是小心点为妙。

还要说到慈禧，那还是她 30 多岁时候，身边太监叫安德海，早晚伺候，形影不离，将西太后服侍的非常快乐，深受宠爱，被封为太监总管，十分得势，就连同治皇帝、恭亲王以及诸大臣都让他三分。一次，他自恃有慈禧撑腰，违制出宫到江南采购龙衣，一路上招摇过市，勒取钱财。到了山东地面，时任山东巡抚的丁宝桢依据清规祖制，先斩后奏，将太监安德海的尸首在济南城里暴尸三天游行。慈禧吃了个哑巴亏，却有苦难言，因为清朝规定，太监不得出城十里，擅自出京城便犯杀头之罪。虽然慈禧一向跋扈蛮横，可遇到事关法律的事，也不敢胡乱造次，还得老老实实地认账，据说也为此偷偷地抹了两回泪。

国外也有这事。普鲁士国王威廉一世修建了一座王宫，登高远眺时，视线却被紧挨宫殿的一座磨坊挡住了。"违章建筑"让他非常扫兴。于是派人与磨坊主协商，希望能够买下这座磨坊。不料磨坊主死不肯卖。几次协商，许以高价，可老汉软硬不吃。面对这样不识抬举的"钉子户"，国王龙颜震怒，派人把磨坊拆了。第二天，老汉就把国王告上法庭，结果居然是威廉一世败诉。判决他必须"恢复原状"，赔偿由于拆毁房子造成的损失。威廉贵为一国之君，拿到判决书也只好老老实实遵照执行。他哭没哭不知道，伤心那是肯定的。

培根说："读史使人明智"。遍阅古今，放眼中外，不管是汉武帝的假哭，还是朱元璋的真恸，以及慈禧太后的抹泪，威廉一世的伤心，都说明一个基本道理：任何一个国度，不管皇帝如何暴戾，君主怎样狂妄，只要有神圣的法律在，只要他还敬畏法律，尊重法律；只要还有他想做而不敢做的事，想做而做不到的事；只要还有"风能进，雨能进，国王不能进"的禁忌，社会就不会大乱，人心就不会丧尽，国家的事情就不会烂到不可收拾。

反之，一旦遇到自称是秃子打伞——无法无天的君主，赏罚失序，规矩全无；遇到宣称"朕就是法律"的昏君，为所欲为，毫无禁忌；遇到藐视法律，任意践踏法律的头头，那国是非亡不可，譬如历史上的夏桀帝、殷纣王、秦二世、东吴末帝孙皓、隋炀帝、流氓皇帝朱温之类。

小衅与大辱

历史上常有这样的事，有人因出言不慎，口无遮拦，或不拘小节，失礼于人，结果小衅引来大辱，乃至杀身之祸，灭门之灾，甚至亡国亡种。

春秋初期，宋国第一勇士、大将南宫长万在郎城一战被擒，直到齐、鲁、宋三国交好才被遣返回国。宋闵公只图自己口快，见面就对南宫长万信口说道："你不是有万夫不当之勇么！怎么被人家生擒活捉啦？我都替你害臊。"南宫长万登时羞的从脸红到腔，只因吃人饭端人碗，饮气吞声，讪讪而退，心中恨恨不已。大夫仇牧私下劝谏："君臣之间，以礼相待，不可嬉戏。游戏对方，恐生事端，主公以后不要这样了。"宋闵公不以为然："寡人开玩笑开惯了。无妨！"又一次，南宫长要求出使，宋闵公当众嘲笑他说："宋国再没人，也不能派个囚犯去啊。"南宫长万脸皮挂不住，恶向胆边生，当场发作，恼羞成怒，一时性起，不顾君臣之分，大骂道："无道昏君！你知道囚犯也能杀人乎？"三拳两脚就把宋闵公送到阎王爷家去了。因话语轻薄，被属下当场打死，宋闵公无意中创造了一个历史纪录。

齐顷公很孝顺寡居的母亲萧太夫人，想了很多法子让母亲开怀。一次，晋、鲁、卫、曹国分别派遣大夫来访。晋大夫郤克是个独眼龙，鲁大夫季孙行父是个秃顶，卫大夫孙良夫是个跛子，曹国公子首是个驼子。顷公为想让老妈一顿笑个饱，秘密从国中挑选独眼龙、秃子、跛子、驼子各一人，给四位使者驾驶马车。独眼配独眼，秃子会秃子，跛子见跛子，驼子近驼子，车夫和使臣"好事"成双。车队经过时，萧太夫人在高台上掀起帘子眺望，不觉笑得前俯后仰，侍女仆妇也都捧腹不已，笑声传得很远。四位大夫受此侮辱，于是一齐发誓：回国后共同伐齐！不日，晋、鲁、卫、曹四国联军就一齐出动，把齐国揍得满地找牙，割地、赔款、求和、送人质，几乎亡国。齐顷公孝心可嘉，但拿人家生理缺陷开涮，也活该他倒霉，没亡国就算不错了。

唐中和四年（公元884年），同为大将的朱全忠因为李克用曾经帮助过自己，便大摆筵席，招待李克用及其官属。李克用自以为是大唐的正牌忠臣，从来瞧不起流寇出身的朱全忠，就在宴席上三番五次说轻慢朱全忠的话，讽刺他反复无常，还拿他的改名开玩笑。朱全忠怀恨在心，便在夜里派兵围住李克用留宿的上源驿旅馆。李克用侥幸跑掉了，可跟随他的亲兵和属官都被朱全忠杀得干干净净。从此李克用和朱全忠就成了一生死敌，相互攻伐二十多年，死伤无数，血流成河。

明宣德皇帝朱瞻基本是个很厚道的君王，远不像他的祖父、曾祖父那样残暴。他的叔叔朱高煦起兵造反，要与他夺天下，可算是不共戴天之恨了。朱瞻基也没有杀他，只是关了起来，还时不时去看他，送点东西。有一次，朱瞻基去看他时，他竟然故意挑衅，把朱瞻基绊了个跟头，让皇帝当众出丑。任是朱瞻基脾气再好，也实在忍不住了，罕见地命令用酷刑伺候，把一口大铜钟压在朱高煦身上，四边架起炭火，把铜烧化，用铜汁活活烧死朱高煦。这还不解恨，又杀了他全家。

纵览历史长河，见惯秋月春风，因耻笑他人的缺点，羞辱他人，耍匹夫之勇，逞口舌之快，而引来大祸的故事数不胜数，让人不胜感慨，扼腕叹惜。有远见的政治家，军事家，长袖善舞的风云人物，时代弄潮儿，是不会因小失大，犯这样的低级错误的，因为那不仅与一个人的经验、城府、阅历有关，更与其襟怀、度量、涵养有关。

高士介子推

春寒料峭，长夜漫漫，晋文公在王宫大宴群臣。

大殿上乱哄哄的，借着酒劲，大臣们争吵表功，夸耀自己对晋文公的忠诚，还有的对赏赐和官爵不满而大发牢骚。晋文公重耳虽也有几分醉意，但还是宽容地面对那些追随自己流亡19年的部下。他捋着胡子，感慨万千，这些人背井离乡，跟自己风餐露宿，吃尽苦头，给他们什么赏赐都不过分。闹闹也好，他们有这个资格。

可是，他看来看去，总觉得似乎少了一个人，是谁呢？想啊想啊，他就是想不起来，使劲用手敲敲自己的脑袋，端起一碗肉汤喝了两口，终于想起来了，那个人就是介子推。

大概是在卫国吧，那是一个阴暗的黄昏，因为一个部下偷走了全部钱财，重耳已经好几天没吃上饭了，饿得头晕眼花，肚子里直敲鼓，坐在地上喃喃自语，要是有块肉吃就好了。介子推就在旁边，听完后默默走开了。半个时辰过去了，介子推一瘸一拐地走来了，端着一晚香喷喷的肉汤。重耳接过肉汤，狼吞虎咽，没几口就吃光了。好香啊，从来没吃过这么香的肉汤，爱卿从哪里找的啊？介子推笑了笑，默默无语，收拾了碗筷，又瘸瘸拐拐走了。

后来，重耳才知道，原来是介子推割的自己大腿上的肉煮的肉汤。重耳暗暗发誓，将来一旦自己坐上王位，一定要重重赏赐介子推，给他记首功，他要什么给什么。

可眼下介子推到哪里去了呢？都怪自己乐昏了头，当上晋王后只忙着天天宴饮，灯红酒绿，大赏功臣时怎么把介子推忘了呢。介子推是个性格内向的人，平时不爱说话，总是默默地干活，是个不显山露水的部下，所以，重耳平时几乎没有关注过他的存在。介子推又是个很清高的人，他最看不起那些名利之徒，不屑于与那些追名逐利的人为伍。所以，当一起流亡的伙伴开始争功邀赏闹的不亦乐乎时，他就悄悄地离开了京城，回到山西老家。

快，去把介子推找来，寡人要大大赏赐他！晋文公大声对部下说。

五天后，消息传回来了，介子推不愿接受赏赐，在家务农，奉养老母。晋文公决心亲自去请介子推，可大队人马浩浩荡荡来到时，介子推家里已人去屋空，不知去向。村人说，介子推只有一个老母，两人相依为命，他是个孝子，有人看见他背着母亲往绵山方向去了。绵山方圆百里，满山都是原始森林，山高路险，还有野兽出没。

晋文公派出千人上山寻找，可绵山实在太大了，找了两天也没着落。一个大臣对晋文公说，绵山广阔，要找个人就好比大海捞针，这样找恐怕一年也找不着。我倒有个主意，不如从三个方向放火烧山，留一个出口，烟火一起，恐怕他就呆不住了，肯定会自己走出来。

晋文公想了想，也没有别的办法了，就这样吧。于是，一声令下，士兵们拿着火点燃了森林。火光冲天，烟雾缭绕，只看见那些狼虫虎豹纷纷东逃西窜，却始终不见介子推的身影。

大火烧了三天，晋文公觉得有些不妙，命令赶快灭火。火灭了，士兵们漫山遍野一边大喊，一边寻找，最后终于在一棵大树下发现了介子推的尸体，他和老母紧紧抱在一起，尸体已经有些炭化。晋文公抚尸大哭，爱卿，是我害了你，我对不起你呀！

厚葬了介子推，建了庙立了碑，晋文公仍觉遗憾，就把绵山封为介山，并把介子推烧死的这一天定为寒食节，不生火做饭，就吃冷饭，以纪念介子推。

于是，中国历史上除了为屈原而设的端午节，就有了第二个为纪念一个人而诞生的节日。而那些因为和他一起流亡被赐以高官厚爵的伙伴则早被人们遗忘了。

2000多年后，我站在介子修庙前，读着文人骚客的诗联，不由想起范仲淹的那句名言："先生之风，山高水长。"

大局多毁于私欲

人均有私欲，完全没有私欲倒有些不正常，所以国人有一句老话：人不为己，天诛地灭。有私欲并不可怕，可怕的是把私欲和军国大事搅和在一起，以一己私利侵害国家利益，把个人私欲凌驾于民族大义之上，为自己鼻子尖上的蝇头小利而影响大局胜负。遗憾的是，这种人偏偏历来都不少，他们身居高位却小鸡肚肠，大权在握却私欲熏心，暴露给人的是肮脏用心，毁掉的是来之不易的大好形势。

李斯，才高能强，为秦国统一天下立下汗马功劳，但由于其私欲恶性发作，一害朋友，二害自己，三害国家，留下了不光彩的记录。秦始皇读韩非著作，仰慕不已，感叹说："嗟乎！寡人得见此人与之游，死不恨矣！"李斯为讨好，把老同学韩非引见给秦始皇。可他见韩非圣眷日隆，就心生妒忌，设计陷害韩非，使其死于牢狱，结果秦失一栋梁之才，天下失一饱学之士。始皇死后，李斯又出于私欲，和赵高一起伪造诏书，害死太子和大将蒙恬，扶不堪重任的二世胡亥上台。后因分赃不均，与赵高内讧，被全家问斩。临上刑场时，还与儿子一起长叹："我想再和你一起出东门打兔子，恐怕是不可能了。"虽然，秦国的覆灭命运无可阻挡，非一人可左右，但李斯的私欲肯定加速了这一进程。

南宋最窝囊的一个皇帝就是宋高宗，光是窝囊倒也罢了，还极端的自私狭隘，不惜拿国家民族的命运、人民的福祉来换取他个人的地位。岳飞朱仙镇大捷后，北伐之势已经形成，如果再努把力，直捣黄龙，收复失地都指日可待。可令人费解的是，在这节骨眼上，宋高宗却一连十二道金牌，强令岳飞班师，不仅给金兵以喘息之机，还失去了战略反攻的最佳时机。岳飞仰天长叹："十年之功，毁于一旦！所得州郡，一朝全休！社稷江山，难以中兴！乾坤世界，无由再复！"原来，这是宋高宗的小算盘作祟，他怕大军北上，一路胜利，最终迎回钦徽二帝，影响自己的宝座。所以，下死令让岳飞撤军，并主谋害死了岳飞父子。其实，早在"靖康耻犹未雪"的诗句在民间广为流传之时，宋高宗的小心眼就惦记上了，并一直耿耿于怀。岳飞虽然是伟大的军事家，"撼山易，撼岳家军难"，可还是斗不过宋高宗这种捣鬼害人的"政治家"，再加上还有秦桧帮忙。

晚清的李鸿章，是人人喊打的"大汉奸"，其实他多是替人受过。慈禧昏聩专权，误国误民，大臣们各为名利，互相攻讦，李鸿章也一次次地被推上风口浪尖，折腾不休。1894年，中日大战即将爆发，李鸿章认为中国胜算不大，主张"不可轻开衅端"，而重臣翁同龢却一力主战，上蹿下跳，并非他比别人爱国，而是他有私心。据曾任袁世凯总统顾问的王伯恭所著的《蜷庐随笔》记："我去见翁同龢，向他力陈主战的错误……翁同龢说：'我正想让他到战场上试一试，看他到底是骡子是马，将来就有了整顿他的余地了。'"果然不出所料，清北洋水师全军覆没，中国赔偿军费二亿两白银，割让台湾，李鸿章成了千夫所指的"大汉奸"。翁同龢为何要如此"整顿"李鸿章？原来，早在1862年，李鸿章曾弹劾其兄翁同书弃城逃跑，被判充军。就为报这一陈年私仇，让李鸿章丢脸，他竟然不惜把整个国家押上赌场，其用心何其险恶，其私欲何其可怕！

纵观古今中外历史，这种因小私而毁大局的事情屡有发生，代代不绝。就说近一点的事吧，李自成手下大将李岩请兵去河南平乱，牛金星素忌李岩名高望重，乘机进谗言，杀了李岩，使义军损一栋梁之才，从此起义开始走下坡路；慈禧为了自己的私利，残酷地镇压了戊戌变法；袁世凯为了换取日本人支持他当皇帝，不惜签订灭亡中国的二十一条；汪精卫为了自己当第一领袖的政治野心，竟然投靠日寇，当了天字第一号汉奸；十年文革时，一些野心家更是浑水摸鱼，趁火打劫，排斥异己，安插亲信，大整宿敌，残害忠良，搅得天下大乱，国将不国。

平心而论，人不是不可以有私欲，但一定要有个底线，决不能把个人私欲与国家大事搅和在一起，特别是那些权高位重的"大人物"。因为，不论皇帝总统，权臣政要，即便是伟人名流，贤达精英，原本精明强干头脑清醒的一个人，一旦私欲膨胀，私心发作，就会将个人恩怨、个人得失置于国家民族利益之上，钩心斗角，党同伐异，干出亲痛仇快的荒唐事，影响历史的进程，教训可谓深矣，人性可谓丑矣！

"不幸"成就了朱载堉

"不幸生于帝王家"，这话乍一听似乎有些矫情，因为不知有多少人做梦都想托生在这样的富贵之家，即便没这样的福气，也要想办法攀龙附凤，沾点王气。但问题还有另一面，别看那些帝王子孙平日锦衣玉食，挥金如土，一有变故，他们往往就是权力倾轧的牺牲品。所以，他们倒霉时发出这样的哀叹，也不奇怪。

朱元璋的九世孙朱载堉自然也不例外，由于皇室子孙的互相倾轧，争权夺利，他也受害不轻，几经沉浮，身世坎坷。不过，他可不是一个一般的王子，他是一个世界级的著名乐律学家、历学及数学家，一位百科全书式的学者，"东方文艺复兴式的圣人"。他的巨大成功，从某种意义上来说，就得感谢王室子孙所特有的种种不幸。

本来，生在王家，可以养尊处优，有一份与生俱来的优厚俸禄，可以终生不为衣食发愁，还有很好的学习研究条件，能接受最好的教育，交往文化素质高的朋友。

可不幸的是，按当时朝庭规定，尽管他满腹才华，学富五车，但作为宗室子弟却不能参加科举，没有金榜题名、独占鳌头的荣耀；不能做官，没有出将入相、建功立业的机会；不能私自离开领地，尽可以读万卷书，但不可行万里路，成不了浪迹天涯的李太白，更成不了遍游名山大川的徐霞客。

更不幸的是，15 岁时父亲被诬陷而遭禁锢，他从尊贵王子一下子变成了罪犯家属。在困顿和歧视中煎熬的 19 年，使他饱尝人间苦难；世态炎凉，使他明白了一个道理："自己跌倒自己爬，指望人扶都是假"。

好在父亲能在生前被平凡昭雪，恢复王位，他又以世子身份重入王宫，继续过有充分经济保障的富裕生活，得以继续从事他所喜爱的音乐与数学研究事业。

可是，新的不幸接踵而至，父亲突然去世，他失去了王位继承权，这就意味着他从此就成了平民百姓。尽管是他主动请辞的，这在明朝的数代上千王子中是唯一一个。好在他很达观，很潇洒，拿得起，放得下，在《醒世词·平生愿》中写道："再休提无钱，再休提无权，一笔都勾断。""种几亩薄田，栖茅屋半间，就是咱平生愿。"

因为父亲不幸去世，他不得不辞去王位，这使他跳出了勾心斗角的权力中心，可以不受干扰，不被觊觎，远离了宫廷阴谋，刀光剑影，把全部精力用在他所钟情的音乐与数学理论研究上。于是，世界上少了一个可有可无的王子，多了一个举世无双的乐律学家。

然而，不幸的幽灵似乎特别青睐于他，一直在他身边游荡。虽然经过多年苦心研究，著书 20 余部，在多方面都有开创式的建树，创造了多项世界第一，第一个提出十二平均律的理论原理；第一个创造出按照十二平均律原理发音的乐器——弦准；第一个发现"异径管律"的规律；第一个在算盘上进行开方计算；第一个得出求解等比数列的方法；第一个创立"舞学"一词，并为这一学科规定了内容大纲……但当他在 71 岁时将自已一辈子的研究成果献给朝廷时，却被束之高阁，无人理会，甚至被嘲笑为是雕虫小技，"奇技淫巧"。

当然，造物主是公平的，任何人都不会永远陷于不幸的泥潭，总会有幸运女神来眷顾的。幸运的是，朱载堉的研究成果墙里开花墙外红，居然能飘洋过海，在欧洲大放异彩，为推动世界音乐理论研究作出重要贡献。他的名字早在十八世纪就传入欧洲，他的十二平均律理论传播到欧洲后，为欧洲学术界所惊叹。德国物理学家赫尔姆霍茨说："有一个中国王子叫朱载堉的，他在旧派音乐家的大反对中，倡导七声音阶，天才地把八度分成十二个半音并发明了变调的方法。"李约瑟则评价说："朱载堉虽然远离欧洲，但他同是文艺复兴时代的人。"

更为幸运的是，到了现代，特别是这一二十年，他的音乐理论终于出口又转"内销"，回到了自己的家乡，国人在惊喜中越来越多地认识了解这位音乐与数学奇人，给了这位伟大学者以应有地位，虽然稍晚了一些，总算是亡羊补牢，足以告慰朱载堉于地下。

人生如梦，有美梦自然也有恶梦，不管是否愿意，总会遇到许多不幸与有幸。伟人与庸人、成功者与一事无成者的最大区别就在于，前者把不幸当动力，把有幸当机遇，不在不幸面前低头，勇于战胜不幸，赢得幸运的招手；后者却稍遇不幸便被打倒，不堪一击，一遇有幸则陶醉其中，不可自拔。朱载堉的研究成果，既给世界留下一份极其丰厚的文化遗产，他的奋斗经历，更昭示我们一个真理：天时地利固然重要，最终起决定性作用的还是人，是自己。

报之以琼瑶

投桃报李这种事，原来总以为多是咱们斗升小民所为，那些名士、大家是不屑于这种婆婆妈妈儿女情长的琐事，人家眼里只有治国平天下的大事。后来才发现，其实名人也会"投我以木桃，报之以琼瑶"，且颇多动人之处，不妨采撷一二，以见世情人心。

文化名人李敖，眼高于顶，傲睨天下，对谁都敢于开战，对谁都不放在眼里，但他内心深处，也有一种柔软的报恩情结。18岁时，李敖生活困顿，就冒然给胡适写信求援，胡适那时尽管已经手头很不宽裕了，但仍设法筹措1000元给李敖寄去。胡适生前，李敖尚无能力回报，胡适死后，李敖就主动给他编书，并设法出版。几十年后，李敖访问北大，捐了130万新台币来给胡适修铜像。这就叫"滴水之恩，当涌泉相报"。

文学泰斗钱钟书，学富五车，才高八斗，生性恬淡，一向不喜与人有感情纠葛，即便心有情感波澜，也往往藏而不露，让人感到高深莫测。但他也是一个恩怨分明的人，报恩异于流俗，不留痕迹，也从不挂在嘴边。他的小说《围城》走红后，许多导演都想编导这部名著，但钱钟书一直不吐口，最后却把编导权授予当时并不太出名的女导演黄蜀芹。原来，60 年前，钱钟书家计困窘，衣食不给，黄蜀芹的父亲黄佐临导演雪中送炭，执导了钱钟书夫人杨绛的作品《称心如意》和《弄真成假》，给他送了一笔不菲稿费，解了燃眉之急。这事让钱钟书夫妇一直感念不已，直到 60 年后才算还了这个人情，可谓"琼瑶"之报。

雄才大略的毛泽东，也是个很重感情的人，谁给他帮过忙，有恩于他，他会设法回报的。1920 年春，毛泽东在上海为赴法勤工俭学的湖南学子筹集旅费，曾向章士钊求助。章士钊对赴法勤工俭学很支持，向上海工商业家募捐，得到一笔巨款，全部交给毛泽东。41 年后，正是我国经济困难时期，毛泽东开始还账，每年还 2000 元，一共还了十一年，还了 22000 元，对生活开销很大的章士钊起到了重要作用，帮他安度一个幸福晚年。章士钊曾很激动地对家人说："主席想得到真周到，他是要在经济上帮助我，怕我好面子，不肯收，故意说是还钱，还利。其实，这笔钱在当时是向社会名流募捐的，我不过是尽一份力罢了。"

中国现当代音乐教育家刘质平，出国留学日本时，是老师李叔同帮他筹措学费，李出家后，仍不停止对刘质平的资助，甚至不惜借贷，帮他完成学业。后来，刘质平对李叔同待若父辈，他曾到庙里侍奉老师，每天起早，洗敬砚池，磨墨两小时，备足一天所需的新鲜墨汁。他想方设法，为老师举行书展，印刷书籍。抗战期间，刘质平为保全老师墨宝，历经艰辛，甚至将生命置之度外。一次，刘质平在逃难途中忽遇大雨。为了保护老师的墨宝，他毅然解开衣服，把身体伏在存放老师书法的箱子上。半小时后雨停了，字保住了，但刘质平却大病一场，几乎一命呜呼。刘质平曾说："先师与余，名为师生，情深父子。"

国学大师王国维，早年屡得罗振玉提携，罗在经济上资助他，帮他找工作，在学术上为他创造条件，打开局面，王国维感佩至深，两人成为莫逆之交。为了报恩，王国维以其过人才华和踏实精神，为罗振玉做了大量工作，许多研究成果与罗共享，两人密切合作，开创了国学研究新局面。几十年里，王国维一直追随罗振玉，与他共同进退，不论怎么艰苦都毫无怨言。后来，又与罗结成儿女亲家，成了挚友加亲家。当两人后来不幸出现裂痕时，罗振玉咄咄逼人，出言刻薄，王国维则每每退让，并一再试图挽回友谊。在经历丧子和朋友绝交的双重打击之下，痛不欲生的王国维毅然走上不归之路。王国维死后，罗振玉痛悔不已："静安以一死报知己，我负静安，静安不负我。"

报恩，是一种美好情感；报恩，是一种君子之风。"羊有跪乳之恩，鸦有反哺之义"，人要是不会报恩，那就真的是禽兽不如了，不论你再有名气，再有权势。

有几个人你不能学

　　榜样的力量是无穷的。一个人只要还想有点出息，想干成几件事，就一定会有一个或几个学习的榜样，以此来激励自己，作为自己前进的标杆。但平心而论，并非所有的成功人士都适合于当楷模的，因为人与人之间差异很大，有些个榜样是没法学的，硬要去学，就容易误入歧途，成为邯郸学步。

　　老愚公不能学，因为你压根吃不了那个苦。愚公移山，精神执着，锲而不舍，不知感动了多少人，但那种做法实在不可学，那种苦你也吃不了。以一家之力，靠肩扛手提的原始工具，想移掉一座大山，那是不可能的，要不是有上帝出来帮忙，怕是愚公的后代至今还在挖山不止呢。当然，更有可能的是，老愚公的开窍子孙也早就不吃那份苦，搬家到山外去了。

　　姜太公不能学，因为你根本没那个机遇。姜太公大器晚成，八十出山，辅佐周武王夺得天下，何其潇洒，但那是小概率事件，可遇而不可求。还是趁年轻力壮赶快干事业、建功勋，像张爱玲说得那样"出名要趁早"。免得年老体衰，精力不支，回首平生，一事无成。所以，姜太公

100

不能学，因为你即使有姜太公那样的本事，也未必有那样的机遇。

李太白不能学，因为你没那个才气。李太白斗酒诗百篇，"绣口一吐，就是半个盛唐"，可他凭的是才气过人，一般人学不了。不要以为李诗仙也有铁棒磨成针的勤奋之举，就可以效法，别忘了"诗有别肠"，太白那样的诗才也是千年一遇啊。真要学诗，陶渊明啊，陆放翁啊，那种半赖用功半靠天赋的诗家还是可以学一学的，而李太白那种半人半仙的榜样，索性不学也罢，学不了。

牛顿不能学，因为你忍受不了那份寂寞。每一个有作为的科学家都是寂寞的，他常常可以在实验室里一呆就是一星期，可以十天半个月不说一句话，你行吗？牛顿就行，而且习以为常，天天如此，年年如此，最后甚至连家也没成，一个人孤独一生。羡慕他的人，总喜欢津津乐道他在苹果树下被一个苹果砸出万有引力定律的佳话，可是就没想到他为了这伟大的一悟而付出了多少个不眠之夜。

钱钟书你不能学，因为你没那个资本。钱钟书傲睨天下，素以狂傲而出名，年轻求学时，就颇瞧不上他的老师，放言"吴宓太笨，叶公超太懒，陈福田太俗"，清华研究生院他都不屑于去读，因为觉得没人能教他。成年之后，更是眼高于顶，没几个学者、教授能入他法眼，还从来不接受媒体采访，哪怕是中央电视台，他觉得那太俗。没办法，人家就是有这个资本，学富五车，才高八斗，博闻强记，满腹经纶，他就是想不狂也不行。

比尔·盖茨也不能学，因为他离我们太远，简直是天壤之别。他是世界首富，如果以他为奋斗目标，那你恐怕奋斗终生也只能收获失望加绝望；他能考上哈佛而毅然中途退学，哪怕是世界第一学府，你我肯定都不会有这个决心和勇气；他是计算机奇才加经营管理天才，别说是普通人，就是商界精英也都难以企及；他能够把绝大部分财产都捐献给慈善事业，说实话，普天下没几个人能有这样的胸襟与气魄，要学也难，不学也罢，还是换个更现实一点的榜样吧。

史上"最佳提案"

　　每年两会，代表、委员都会提出大批议案，积极参政议政。其实，从广义来看，那些对国计民生建设性想法的、能推进历史进步的意见、建议、议论，都可称提案。如是，历朝历代各种议案多如恒河沙数，但真有意义、有广泛影响、能青史留名的少如凤毛麟角，以我孤陋寡见，堪称史上最佳提案的当有如下几条。

　　孟子的"提案"很多，最有影响也最具民主色彩的，莫过于"民为重，社稷次之，君为轻"，能在那个高度封建专制的时代提出这样振聋发聩、石破天惊且离经叛道的提案，需要的不仅是睿智的思考，更需要惊人的勇气。即便孟子没有其他闪光思想，仅凭此提案就足以使他永垂不朽了，因为这句话温暖了几千年来劳苦民众的心，也让那些视民众如草芥的暴君不能不有所忌惮。

　　西汉人陈汤没太多建树，他的"提案"来自一份给皇帝的战报，在汇报了消灭入侵匈奴人数和缴获后，他加了一句似评论似宣言的一句名言："犯强汉者，虽远必诛。"陈的提案，一个字：壮！什么时候想起来都叫人心血沸腾，有了这样豪迈、雄壮、凛然的气势，"虽千万人吾往也"，国家就不可战胜，民族就不会受屈辱，秦时明月的皎洁，汉时雄关的巍峨，就会代代相传，永保中华子民的安康和平。

杜工部的"安得广厦千万间，大庇天下寒士俱欢颜，风雨不动安如山。"这一"提案"，既有历史意义，更有现实意义，时下，买不起房的寒士还有成千上万，房价却打着滚地往上涨，虽然国家调控房价的措施接连出台，可是各地政府却很不给力，依旧在推出地王，在吃卖地财政，在当高房价的背后推手，杜甫倘若地下有知，也会喟然长叹，那些公仆的胸怀志向怎么还不如我一个穷酸诗人呢？

赵匡胤的"不得杀士大夫及上书言事之人"。宋太祖行伍出身，但对读书人却颇尊重，曾以太庙誓碑的形式立下"祖宗家法"，明确规定："不得杀士大夫及上书言事人，子孙有渝此誓者，天必殛之。"所以，有宋一代，没有文字狱，不搞以言治罪，也不知诽谤、恶攻、影射、腹诽为何物，至少保全了苏轼、司马光、范仲淹、陈亮的脑袋，尽管宋代谈不上盛世，也没什么"明主"，还被辽、金逼得栖栖遑遑，但却为后世一些读书人所向往，羡慕之情每每溢于言表。

左宗棠收复新疆之议。1867年，阿古柏在新疆闹独立，朝廷对此争论不休，以李鸿章为首的"海防派"主张放弃新疆，理由是那地方是不毛之地，荒无人烟，不要也罢。左宗棠则据理力争，力排众议，明确提出"无陆防则无海防，无新疆则无大清"，并不辞老病，请缨出征，抬棺行军，一举收复新疆。平心而论，如果没有当年左宗棠的一柱擎天，力挽狂澜，今天我们去新疆恐怕就要用护照了。

龚自珍的"我劝天公重抖擞，不拘一格降人才"。得人才者得天下，古今概莫能外。文王得姜尚兴周，齐桓公得管仲兴齐，刘邦得韩信兴汉，刘备得孔明兴蜀，而实际上，姜尚太老，管仲是仇人，韩信一投降列兵，孔明系山野农民，如果没有不拘一格，都难被起用。今日用人，也应不论门第、出身、学历、籍贯、年龄、性别，唯才是用，不拘一格，方可开创伟业，成就宏图。

毛泽东"搞一点原子弹、氢弹"的动议。1958 年 6 月，毛泽东提出："搞一点原子弹、氢弹，我看有十年功夫完全可能。"附案之一：陈毅说"当掉裤子也要搞原子弹"。附案之二，林彪说"就是用柴火烧也要把原子弹烧爆炸"。现在看来，没有当初的下决心搞两弹一星，中国就没有今天的大国地位，就没有几十年的国家安全，就难免在人家的核威胁下仰人鼻息，衷心地感谢这一提案。

天下兴亡匹夫有责，振兴华夏有赖最佳提案，愿其多多益善，佑我炎黄子孙。

有一种人叫"清流"

东汉晚期，外戚和宦官轮流把持朝中大权，祸害百姓，卖官鬻爵，横行无忌，气焰嚣张，被视为"浊流"；一些正直的官员和太学生则针锋相对，奋起抗争，前赴后继，不屈不挠，被称为"清流"。

经过两个大回合的生死较量，"清流"终因手中无权，力量悬殊，惜败于"浊流"。胜败大局已定后，宦官和外戚们勾结起来，对"清流"官员和党人进行了残酷而疯狂的报复，一时间，刀光闪闪，血流成河。

就在这样一片腥风血雨的恐怖气氛中，"清流"们显示出大无畏的英雄气概，以他们的牺牲精神和决绝态度昭告世人，什么叫义无反顾，什么叫舍生取义，什么叫大义凛然，什么叫视死如归。

"清流"领袖李膺得知官兵正在前来抓捕他的路上，神情安详地说："事不辞难，罪不逃刑，这是君子应有的气节。"于是自谒诏狱，在狱中仍怒斥"浊流"不已，终被拷打至死。

"清流"领袖陈寔本可以从容逃脱，却慨然自行入狱，他很镇定地与亲友告别说："我不入狱，大家何所依靠？"这一去就没回来。

年逾七旬的"清流"领袖陈蕃，常言"大丈夫处世，论是非，不计胜负"，所以明知寡不敌众，大势已去，仍带着他的门生冲向数倍于己的敌人，做鸡蛋碰石头的顽强一击，最后全部阵亡。

　　"清流"重要骨干范滂，朝廷下令捉拿他，县令郭揖欲弃官与他一起逃亡，他不肯连累别人，要自己去投案。临别时对老母说："仲博（滂弟）孝敬，足以供养，滂从龙舒君归黄泉，存亡各得其所。惟大人割不可忍之恩，勿增感戚。"范母也是深明大义的人，对曰："汝今得与李杜（李膺、杜密）齐名，死亦何恨！既有令名，复求寿考，可兼得乎？"（《后汉书》）范滂跪受教，再拜而辞。后来，宁死不屈，逝于狱中。

　　尤为可贵的是，度辽将军皇甫规自耻未被列入党人之列，在"浊流"大开杀戒，许多人唯恐避之不及时，竟然"自投罗网"，自己上书朝廷，要求"附党"，最后慷慨就义。

　　"清流"们因其高风亮节，世代为人称颂，彪炳史册。但也有一种观点说他们傻、迂、不知变通，为什么不能暂避一时，韬光养晦，然后再卷土重来呢？识时务者为俊杰嘛。

　　的确，他们大概都中了孟子的"毒"，孟子说，君子要舍生取义，鱼与熊掌不可兼得，他们就一个个如同扑火的飞蛾，冲着"光明"而去，为正义献身，为正气燃烧，在烈火中得到永生。

　　他们或者上了地藏菩萨的当，也想像他那样，立志"地狱不空，誓不成佛"，可没想到，地狱里竟然还有那么多牛鬼蛇神，魑魅魍魉，历程又是那样的艰难。即便如此，他们仍毫无惧色，以大爱伴随大勇，就像希腊神话里那个悲壮的西西弗斯，一次次怀着希望把巨石推上山，巨石却连同希望又一次次轰然滑落，屡战屡败，屡败屡战。

　　其实，他们不傻也不迂，只是想为天地树正气，为世人立楷模，想警告黑恶势力，纵然不能与尔同归于尽，也要舍了性命溅你一身血。因为他们深知，历史车轮的前进，往往需要用人的血肉来做润滑剂，总是要人做出牺牲，既然如此，我不下地狱，谁下地狱？

这种人不能多，当然也不会多，每朝每代只要有那么几位，天就不会黑得那么彻底，风就不会那么寒彻入骨，黑恶势力就不能肆无忌惮而毫无顾忌。因为他们用宝贵的生命点亮了人们心中的希望之火，他们用全部心血把正气歌的每一个音符都唱得字正腔圆。他们的存在，正如一首纪念张志新烈士的诗所言："她把带血的头颅放在天平上，让一切苟活者都失去重量。"

不能忘了他们，他们叫"清流"，还有一个名字就叫"义无反顾"——一个我们已经很陌生的、久违的名字。

御敌怪招

兵来将挡，水来土掩。这是起码的兵家常识。你摆八卦，我列长蛇；你有关羽、张飞挑战，我有于禁、徐晃迎敌。但也有人相信旁门左道，面对强敌来侵，不是认真整军备战，厮杀战场，却愚不可及地祭拜鬼神，乞灵异术，结果是自欺欺人，或兵败身亡，或城破丧军，不仅蒙羞当时，还免不了贻笑后人。

王羲之的次子王凝之，曾任会稽太守，小有才能，但一向迂腐颟顸。有消息传来说孙恩谋反作乱，王凝之居然死活都不相信跟他一样信仰五斗米教的孙恩会反！等叛军逼近时，他才不得不相信，却不组织军队抵御，而是踏星步斗，拜神起乩，说是请下鬼兵守住各路要津，贼兵不能犯。结果，城被攻破，生灵涂炭，王凝之却仍然不相信同一教派的孙恩会杀他，并不逃走。结果自己被贼兵一刀枭首，诸子也一同遇害。

明万历年间，四川播州土司杨应龙率众造反，气焰嚣张，四川巡抚李化龙奉命征剿。据《平播全书》记载，当李化龙部用火炮猛烈轰击敌阵时，深信巫术的杨应龙令数百裸体妇女排立于高处，手拿箕器，"向我

108

兵扇簸"。邪门歪道，自然无效，结果，杨应龙兵败自杀，儿子被俘，叛军被歼2万多人，西南叛乱被彻底平息。《万历武功录》，称平定杨应龙是"唐宋以来一大伟绩"。

第一次鸦片战争时，湖南提督杨芳为参赞大臣，率军与英军作战。他认定"必有邪教善术者伏其内"，于是广贴告示，"传令甲保遍收所近妇女溺器"作为制胜法宝。他将这些马桶平放在一排排木筏上，命令一位副将在木筏上掌控，以马桶口面对敌舰冲去，以破邪术。招数自然无用，副将仓皇而逃，英舰长驱直入，杨芳部溃不成军。时人写诗讽之："杨枝无力爱南风，参赞如何用此公。粪桶尚言施妙计，秽声长播粤城中。芳名果勇愧封侯，捏奏欺君竟不羞，试看凤凰冈上战，一声炮响走回头。"

中法战争时，法军在台湾、广西都没有得手，就转而突袭福建，对南洋舰队的马尾船厂展开猛攻。军情万分紧急，可是，大乱之中，笃信佛教的闽浙总督不组织抵抗，却跑到涌泉寺拜佛烧香，他对部下说，念佛可以退敌，菩萨保佑，金刚护法，夷人岂能奈何于我？可结果是，马尾船厂被彻底毁灭，南洋舰队也几被全歼，清军损失惨重，连涌泉寺都毁于炮火。看来，我佛慈悲，但不管战事，金刚护法，却不护凡人。

今日而论，硝烟散尽，战事不再，无须再去鼓捣那些御敌怪招。反倒是体育比赛中战云翻滚，刀光剑影，欲克敌制胜，稳操胜券，或许能用得上那些正招、斜招、怪招、奇招。记得在伦敦奥运会开幕之前，有网友出怪招云：我女排曾数日不敢吃肉，盖因惧怕误食瘦肉精也。受此启发，可重金请对我威胁最大的对手来访，名曰比赛练兵，每日让他们放开吃肉，附之好酒好菜，虽不故意害他，但毕竟吃到瘦肉精的机会必然增多，一旦有人中招，我将少一对手，或可不战而胜。此等邪门歪道，小人之术，自然是笑谈而已，君子不为！

两军打仗，讲究兵不厌诈，计多招怪或可一逞；体育比赛，比的是更高、更快、更强，凭实力说话，还是"费厄泼赖"为好。

死不逢时

生不逢时，意思是说生下来没有遇到好时候，命运不好，譬如冯唐易老，李广难封之类。"死不逢时"，自然是说死的不是时候，该死的时候没有死，不该死的时候死了。

2011 年 10 月 3 日，诺贝尔奖公布本年度生理学或医学奖的获奖者名单，他们是美国科学家布鲁斯·巴特勒、卢森堡出生的的科学家朱尔斯·霍夫曼和加拿大出生的科学家拉尔夫·斯坦曼。可惜的是，拉尔夫·斯坦曼已经于 9 月 30 日去世，他没有等到获奖的消息，没有看到自己的最后辉煌，无法含笑九泉，令人扼腕叹息。他就是典型的"死不逢时"，早死了 3 天。

光绪皇帝也是"死不逢时"，如果他比慈禧太后晚死哪怕 1 天，就有机会处决仇敌袁世凯，为戊戌变法翻案，改变中国历史进程。遗憾的是，他恰恰比老太婆早死了 1 天，到最后也没能翻身，窝窝囊囊地归了道山，叫他死不瞑目。当然，野史也有说法，慈禧太后自知不起，生怕光绪皇帝清算自己，就命人鸩杀了光绪，看到光绪的离世，她才安然闭眼。依

110

老太婆"宁负天下不使天下负我"的狠毒性格，她完全能干出这样的事。

而留下"不能流芳百世，宁可遗臭万年"名言的东晋权奸桓温，如果再晚死半个月，说不定就美梦成真，篡位成功。是时，桓温权倾朝野，炙手可热，皇帝只是他玩于股掌的玩物，说立就立，说废就废。眼看就要黄袍加身了，他突然患病，日重一日，而他这一病，篡位的进程就慢下来了，终于没有等上那一天。当然，客观上，也是当时主管这个事情的大臣谢安故意拖的结果。这使我等更加笃信"身体是某某本钱"的道理，即便是篡位这事，也是不靠拼命靠长命，谁叫你"死不逢时"？

死的早固然是"死不逢时"，死的晚也可能是"死不逢时"。

明末文坛领袖钱谦益，才高八斗，名满天下，德高望重，如果他当初与名妓柳如是一起投湖死于殉国，那就是千古完人，万世流芳，是王夫之、黄宗羲、傅山之类人物。可惜的是，他因"水太凉"而偷生，继而降清献媚，被时人嘲笑为"两朝领袖"，乾隆帝也将钱谦益列为《明史·贰臣传》之首，并挖苦他"平生谈节义，两姓事君王，进退都无据，文章那有光"。他成了风箱里的老鼠——两头受气，猪八戒照镜子——里外不是人。悔恨交加的钱谦益临死前还呼喊着"当初不死在乙酉日，这不是太晚了吗？"（《消夏闲记》）

"慷慨歌燕市，从容做楚囚；引刀成一快，不负少年头。"这首诗不论气势、意境、风节，都堪称精品，足以传世，可惜却出自汪精卫之手。1910 年 1 月，汪精卫为推翻满清王朝密谋刺杀摄政王载沣，事泄失败被捕，在狱中写下这首大义凛然的绝命词，一时为人传诵。他若当时真的"引刀成一快"，那肯定就是与秋瑾、徐锡麟、林觉民、朱执信等同耀日月的大英雄。可没想到，他后来竟然晚节不终，屈膝投降，成了叛国投敌的天字第一号大汉奸，助纣为虐，为虎作伥。生前千夫所指，死后还被焚尸扬灰。"死不逢时"，汪精卫无疑亦是经典一例。

大千世界，人人都希望长寿，但却未能天随人愿。如果能生正逢时，如张爱玲所言"岁月静好，现实安稳"；再结个好尾，死正逢时，譬如功德圆满，子孙满堂之际，那就未必一定要长命百岁。周作人晚年常云"寿多则辱"，巴金也说过："长寿是一种惩罚。"想必都是发自内心的由衷之言。

辛稼轩之憾

宋人辛稼轩曾言："叹人生，不如意事，十之八九。"他立志抗金，收复失地，但南宋朝廷一帮主和君臣，百般阻挠，处处掣肘，让他空有一腔报国志，在等待与无奈中，慢慢老去，实为憾事，再加上几个孩子也不争气，家庭失和，让他很是失望。一生坎坷，壮志难酬，他只有寄情于诗词曲赋中，发发英雄牢骚，出出豪壮怨气。好在"无心插柳柳成荫"，他的牢骚怨气竟也有"横绝六合，扫空万古"气势，无意中又成了一个"国家不幸诗家幸"的标本。

再早，晋人羊祜也说过："天下不如意事，十常居八九。"他这话还真不是无病呻吟，更非"为赋新词强说愁"。他立志伐吴，统一天下，建不世之功，可总不能如意。先是碰上硬对手陆抗，让他无计可施；好不容易等到陆抗病死了，他正准备出兵，晋武帝又听信贾充谗言，不愿动武，错过伐吴最好时机；又过了几年，晋武帝终于想明白了，要大动干戈，羊祜已老得走不动了，无可奈何之际，不由得他不发出这千秋遗憾。

扪心自问，我们多是些庸庸碌碌的平常人，没有羊祜、辛弃疾那么大的襟怀和抱负，不如意的层次也没他们那么高，但遇到的不如意事却一点不比他们少，虽然都是些家长里短，庸常小事，鸡虫得失，小悲小伤，也常让我们心情郁闷，无法排遣。

其实，细想起来，有很多不如意事都是自找的，譬如，刻意去争一些不该争或意思不大的东西，争位置，争职称，争荣誉，争排场，争名于朝，争利于市；或给自己定下太高的人生标准，老是和这个比和那个比，结果越比越泄气，越比越不如意；或奋斗目标太多，各种欲望太强，结果力不从心，自寻烦恼。那么，不妨适当放弃一些身外之物，降低一点人生标准，减一减太盛的名利之心，不如意事自然就会减少。

还有一个办法，就是少想不如意事，多想如意的事，这是民国元老于右任的人生态度。他曾写过这样一幅对联："少思八九，常想一二"，横批是"如意"。既然"不如意事，十常居八九"的大趋势无法改变，那何妨索性忘掉或少思那不顺心的"八九"，多想想让人高兴的"一二"。这可不是阿Q的精神胜利法，也不是驼鸟的埋头战术，而是达观者的生活态度。

比如说吧，是楚霸王，你就应常想破釜沉舟，少思霸王别姬；关老爷呢，该常想过五关斩六将，少思走麦城；曹孟德就应常想官渡大捷，少思赤壁惨败；李后主呢，要常想"凤阁龙楼连霄汉"，少思"最是仓皇辞庙日"；孟进士呢，该常想"春风得意马蹄疾"，少思"昔日龌龊不足夸"；东坡先生，则宜常想"千里共婵娟"，少思"高处不胜寒"；清照女士，当多想"应是红肥绿瘦"，少思"凄凄惨惨戚戚"；拿破仑元帅呢，应常想奥斯特里茨战役，少思那不幸的滑铁卢。总之，要多想"金榜题名，洞房花烛"的高兴事，少思那"将军被擒，宫女失宠"的倒霉事。

不过，"少思八九，常想一二"，也要讲个辩证法，把握好一个度。

第三辑　他山之石

盖茨的妙喻

对于宝贵而短暂的人生，世人有很多生动的比喻：人生是一次旅游，人生是一次探险，人生是一场比赛，人生是一幕演出……而我最欣赏的是比尔·盖茨的"人生观"，他说："也许，人的生命是一场正在猛烈燃烧的'火灾'，一个人所能做的，也必须去做的就是竭尽全力要在这场'火灾'中去抢救点什么东西出来。"

人生确实如一场猛烈燃烧的"火灾"，这场"大火"，无法逆转，不可阻止，企图扑灭这场"火灾"，就如同企盼长生不老一样绝不可能。那么，我们每个有幸来到世间的人，要想有所作为，不虚此生，只有一个办法可想，就是从熊熊燃烧的"大火"中尽可能多的抢救出自己认为有意义有价值的东西来。

面对"大火"，有的人胆大心细，出手果断，因而也收获甚丰。睿智豁达的盖茨，救出了巨大的微软王国，并影响了整个世界。身手敏捷的飞人乔丹，救出一个篮球，无意中带出数亿美元和巨星的桂冠。力大心狠的拳王泰森，救出两个拳击手套，还带着他早已看好的一大叠钞票和种种逸闻。聪明非凡的爱因斯坦，救出了相对论和著名的质能互变公式。勤奋无比的爱迪生，救出了 2000 多项发明和那句名言"天才就是 99 分汗水加 1 分灵感"。坚忍不拔的袁隆平，救出了高产稳产的杂交水稻，造福亿万生民。才华横溢的莎士比亚，则救出了《哈姆雷特》《威尼斯商人》《罗米欧与朱丽叶》等一群不朽的艺术形象。

有的人手忙脚乱，漫无目的，稀里糊涂抓挠一生，却在"大火"里救出一堆破铜烂铁。终日醉生梦死的酒鬼，救出了一堆五颜六色的酒瓶。嗜赌如命的赌徒，救出了一副油腻发亮的赌具。而东游西逛无所事事的懒汉，救出的是破衣烂衫和打狗棍、讨饭碗。还有那些贪得无厌的腐败分子，虽然机关用尽，救出了成捆钞票，但最终却成了把他们送进大牢的"通行证"。

水火无情，救火，是有代价、要冒风险的，只有不怕牺牲，舍得付出，才能抢救出价值连城的宝物。并不美丽的居里夫人，救出了美丽的镭，造福天下生灵，却牺牲了自己的健康，最终死于放射线病。瞎子阿炳救出了委婉动人的《二泉映月》，搭上的是自己一生的艰辛和苦难。忍受着宫刑身心剧痛奇耻大辱的司马迁，救出了"无韵之离骚，史家之绝唱"，并且"藏之名山，传之其人"。莱特兄弟为了救出世界上第一架飞机，慌忙之中居然连老婆孩子都没有顾得上"救"，打了一辈子光棍。

我们都是平凡的人，也许纵使我们奋不顾身，使出浑身解数，也救不出相对论、金属镭、《史记》这些瑰宝异珍。但只要尽心尽力，救出了自己觉得真正有价值有意义的东西，这一辈子就算没有白过。我们的业绩，可能进不了"名人堂""伟人录"，也不可能彪炳史册，流芳千秋，但正是由于我们每一个人都在倾其所能，从"火"中奋力救人救物，在燃烧的生命之火中腾挪飞舞，才使我们的生命变得这样有价值，才使世界变得这样美好。

别忘了布鲁诺

1992 年 10 月 31 日，蒙冤 360 年的大科学家伽利略终于获得梵蒂冈教皇的平反。教皇约翰·保尔二世称：当年处置伽利略是一个"善意的错误"。他对在场的教廷圣职部人员和红衣主教说："永远不要再发生另一起伽利略事件。"

2008 年 9 月 14 日，据英国《每日电讯报》报道，英国国教将发表一份声明，声明说："查尔斯·达尔文，在将迎来你诞辰 200 周年之际，英国国教就误解你并之后鼓励他人也误解你，而欠你一个道歉。我们希望能换回'信念寻觅理解'的旧时美德，并愿此举能对以往做出补偿。"声明中承认，教会当年在否决达尔文的理论上"过于自我防卫"与"过于感情用事"。声明还再一次就 17 世纪时质疑伽利略的天文学成就承认错误。

虽然，迟到的公正不是公正，但迟到的平反却是平反，迟到的道歉也是道歉。所以，达尔文 87 岁的曾孙贺瑞斯·巴洛则表示，先人若能听到教会的道歉，想必也会十分欣慰。不过，还有一个人，大家可别忘了，何时才给布鲁诺平反呢？他的遭遇更悲惨，他的冤案更"著名"，人们在拭目以待。

一般来说，自然科学领域里的错判，不论对人还是对事，都较为容易得到纠正，因为结果多有定论，还可以通过科学实验来验证。一旦为科学所证实，什么样的冤假错案都不难纠正。伽利略往意大利斜塔上一站，两个大小不等的铁球同时落地，亚里士多德那流传了上千年的错误定律就被打破。德国的气象和地质学家魏格纳的"大陆漂移学说"，一开始也被权威人士宣布是邪说异端，胡说八道，是"诗人的梦"，因而被打入另册。50年后，当科学的发展使得有足够手段够印证他的学说后，他终于以一个伟大的科学家而被充分肯定，成了"正果"。

而社会科学领域里的正误是非，则往往莫衷一是，见仁见智。当事人或受政治立场所囿，或受时代所限，或受观念制约，很难还被证实是打击错误的对手以公正，所以社会科学领域里的冤假错案的平反昭雪，要来得更复杂一些，时间也可能拖得更久一些。布鲁诺之所以迄今还被教会视为异端妖邪，就是因为他被判火刑的原因除了坚守哥白尼的日心说，还有其他宗教方面的"罪行"，当然也多是莫须有之类，譬如老是跟教会过不去，挑毛病挑得教会狼狈不堪，即所谓"每凭己意指责教会"。教会早就对他恨之入骨，终于罗织罪名把他送上火刑架，这才算松了一口气。

虽然说"是非成败转头空"，但我们有责任有义务恢复历史本来面目，正本清源，拨乱反正，这需要勇气、胆识、智慧和自信。主动给自己曾经攻击错的人平反、道歉，是光明磊落的事，一点也不丢人，说明你的胸怀宽阔，知错必改，不失为坦荡君子，就像勇于给伽利略平反的已故前教皇约翰·保尔二世，他即便没有什么值得夸耀于世的成就，仅为伽利略平反一事，就足以让他载入史册了。反之，明知错了，还稳固到底，坚持错误，为了个人或小集团的利益，拒不给打击错的人平反，也不道歉，那只能说明你顽固不化，心胸狭窄，落后于时代，缺乏历史责任意识，早晚要被历史所抛弃。

1600 年 2 月 17 日，布鲁诺被烧死在罗马的鲜花广场。在生命的最后时刻，庄严地向刽子手宣布："你们对我宣读判词，比我听到判词还要感到恐惧！" 400 多年过去了，布鲁诺的冤魂还在鲜花广场上游荡，他不甘心啊！伽利略平反了，达尔文也平反了，我坚信，布鲁诺冤案，早晚也要平反的，我们或许看不到了，子孙后代总是会看到的。

杰斐逊的名片

美国第三任总统托马斯·杰斐逊，在名片上写了《独立宣言》起草人、《维吉尼亚宗教自由法案》起草人、维吉尼亚大学的创建者，唯独没有告诉人们他是美国总统。因为在他眼里，《独立宣言》起草人和大学创始人远比总统更重要。

胡适有三十二个博士头衔，还有北京大学校长、驻美大使、中央研究院院长官帽，学者、诗人、历史家、文学家、哲学家、新文化运动领袖等定评，如果都印在名片上，正反两面也印不完。他却在名片上只印了两个字：学者。在他心目中，其他都是虚的，唯有学者最重要。

电影演员赵丹在一次出国前，办公室秘书打来电话问："名片上头衔印三个：一、全国政协委员；二、全国文联委员；三、全国影协常务理事。行不行？"赵丹回答："你忘了最重要的。"对方："还有什么更重要的？"赵丹："我是个演员，别的都可以不要，一定要印上电影演员！"

剧作家沙叶新则为自己做了这样一张名片："我，沙叶新，上海人民艺术剧院院长——暂时的。剧作家——长久的。某某理事、委员、教授、主席——都是挂名的。"他的名片简单明了，主次清楚，一目了然，一看就知，他是个剧作家。

巴蜀鬼才魏明伦更干脆，本来，他的头衔也很多，剧作家、杂文家、政协委员、名誉教授、全国作协理事、全国剧协副主席……杂七杂八的，虚虚实实至少有一二十个头衔。可是他的名片上这样的头衔一个也不写，就是魏明伦三个大字，清清爽爽，利利索索。他的思路很清楚：你真对我有兴趣，就一定知道我是干什么的；你对我没兴趣，我印再多头衔也没有用。

与此相反，生活中我们也经常能碰到这样的"名人"，他的名片上密密麻麻印了一大堆头衔，可是，看了半天，委员、理事、总监、首席执行官、名誉教授、特邀代表、董事长、总经理等，应有尽有，让人眼花缭乱，却不知道他究竟是干什么的。

名片虽小，可以洞见一个人的心胸、识见、境界；方寸天地，一个人的狭隘、浅薄、虚荣也可一览无余。

大千世界，芸芸众生，不一定每人都需要印名片，但一定要在自己的大脑里始终有一张名片，印上自己最真实的身份，并时时刻刻提醒自己："弱水三千，我只取一瓢饮"，千万别忘了自己最重要的东西！

达尔文不掠人之美

1858 年夏天，达尔文的进化论已经完成，并把手稿陆续送给一些朋友征求意见。这时，他收到了一个不知名的年轻学者华莱士的信。华莱士通过在马来群岛考察，观察到的生物的地理分布特点促使他思考生物进化的问题，并独立地发现了自然选择理论，写成了一篇论证进化论的论文，寄给达尔文征求意见。他并不知道达尔文此时已研究了 20 年的进化论，之所以会找上达尔文，完全是由于达尔文在生物地理学学界的崇高地位。

当达尔文读了华莱士的论文，见到自己研究多年的理论竟然出现在别人笔下时，其震惊和沮丧可想而知。他的第一个念头，是压下自己的成果，而让华莱士独享殊荣。但地理学家赖尔和植物学家虎克都早就读过他有关进化论的手稿，在他们的建议下，达尔文把自己的手稿压缩成一篇论文，和华莱士的论文同时发表在 1859 年林耐学会的学报上。因为这两篇论文并没有引起多大的反响，在赖尔和虎克的催促下，达尔文在同一年发表了《物种起源》，这才掀起了轩然大波，并征服了科学界。由于《物种起源》的成功，同时也是被达尔文的高尚学术品格折服，虽然华莱士与达尔文同享发现自然选择理论的殊荣，人们总是习惯于把进化论称为"达尔文主义"。

本来，以达尔文当时显赫的学术地位，他完全可以利用权势压制这个不知名的小人物，或者封杀华莱士的论文，使其石沉大海，自生自灭，或者抢先发表自己的论文，再发表华莱士的论文，自己独享发现进化论的殊荣——这样虽然不高尚，但很"实惠"，现实生活中有些人就是这样做的。可达尔文没有选择这样做，他虽已研究了20年进化论，且在学术圈里已有相当影响，而华莱士不过是个没啥影响的无名小卒，但他仍非常公平无私地把两篇论文同时发表，不惜以一个生物学泰斗的身份与一个初出茅庐的学界新人来分享这一伟大研究成果。其光明磊落，足以感动千古；其高风亮节，堪称学术楷模。

历史一再证明，一个专家学者的伟大，固然需要累累学术成果来充实自己，光明磊落的学术品格同样不可或缺，如果说学术成果是肉，学术品格就是骨。设若当初达尔文打压青年才俊华莱士，不让他发表学术观点，不给他出头露面机会，自己独享进化论研究成果，那么，他不仅亵渎了科学的神圣精神，自身形象也在人们心中大打折扣，更难跻身历史伟人殿堂。检点那些名垂千古的专家学者，从苏格拉底、柏拉图到马克思、康德，从亚里士多德、牛顿到法拉第、爱因斯坦，无一不是既有影响深远的学术思想、研究成果，又具有高尚学术品格、人格魅力。

勿庸讳言，学术界也有人信奉"成功就是一切"的哲学，他们不问动机，不管手段，不计后果，只要戴上成功桂冠，只要冠军金杯上能刻上自己的名字，那就无所顾忌，什么学术品格、学术道德、学术操守都可以弃之如敝屣。于是，学术造假，学术欺诈，学术违规的现象屡见不鲜，在某些学术投机者那里，学术研究变成了东拼西凑，撰写论文变成了网上下载，著书立说变成了剪刀加浆糊。至于学术成果，你的是我的，他的是我的，大家的都是我的，一概采取"拿来主义"。有权势者，公然在属下、学生的研究成果上强行署名，不著一字，尽得风流；无权势者，抄袭、剽窃则成了家常便饭，随手拈来，全无忌惮。他们也确实以此换来了职称、名气、奖金等很"实惠"的东西，但其"学术成果"毫无意义，学术品格一钱不值，与达尔文等历史伟人相比，不啻天壤之别，理应受到人们鄙视。

斯人远逝，精神长存。我们纪念这位伟大的科学家，不仅要学习研究他的学说，还应继承效法他的高尚学术品格，努力摒弃学术界的不良风气，培育一个澄静、高洁、健康、有序的学术环境，以推出更多更好更有价值的学术成果。

山德士的第 1010 次

20 世纪 40 年代末，已经 66 岁的美国人哈兰·山德士开始了自己的创业。他带着一只压力锅，一个 50 磅的作料桶，开着他的老福特上路了。身穿白色西装，打着黑色蝴蝶结，一身绅士打扮的白发上校停在每一家饭店的门口，从肯塔基州到俄亥俄州，兜售他研制出的炸鸡秘方，给老板和店员表演炸鸡，如果他们喜欢炸鸡，就卖给他们特许权。但一直没有人相信他，接纳他，他被拒绝了 1009 次，终于在第 1010 次走进一个饭店时，得到了一句"好吧，让我们试试"的回答。

1952 年，美国盐湖城第一家被授权经营的肯德基餐厅建立了，这便是世界上餐饮加盟特许经营的开始。如今，肯德基已成为世界著名的炸鸡快餐连锁企业，在全球 80 多个国家拥有 14000 多家餐厅。截止到 2009 年 1 月底，肯德基仅在中国大陆 450 个城市就开设了 2200 余家餐厅。肯德基近年来以每天至少一家的开店速度快速发展，成为中国餐饮业规模大、发展快、效益好的连锁品牌。

我也时不时会到肯德基凑凑热闹，换换口味，主要是陪孩子。我时常在想，如果当初山德士老人没有坚持到第 1010 次，没有"一意孤行"，他也像任何一个"聪明人"一样，识时务者为俊杰，屡屡碰壁后就及时掉头，不在一棵树上吊死，那么今天就不会有风靡全球的肯德基，世界餐饮业就少了一道风景线，食客们就会损失一道美味佳肴，孩子们也会少了一个生动绝佳的励志故事。

设身处地想想吧，那该是怎样一个伤心之旅啊，已经到了当爷爷年龄的山德士老人，每天早晨带着希望出发，每天晚上带着失望归来，身心极度疲惫，囊中日见羞涩。每到一个饭店，他都要陪着谦恭的笑脸，不厌其烦地去推销、演示、说服，听着人家的冷言冷语，看着人家鄙夷的面孔。有时还会被人怀疑是骗子，客气一点地会婉言拒绝，粗鲁一点地干脆将他拒之门外。前前后后，他一共被拒绝了1010次，如果平均每天一次的话，他要用将近4年的时间去忍受拒绝，忍受失败，忍受奚落，忍受嘲弄，这需要何等坚强的心脏，需要怎样惊人的毅力？可喜的是，"一意孤行"的山德士老人挺过来了，他成功了。

其实，"一意孤行"的山德士老人并不孤单，他创下的1009次失败纪录也非空前绝后，至少在美国，有个人比他失败的次数更多，"一意孤行"的劲头比他更邪乎，那就是发明家爱迪生。爱迪生在发明电灯时，先后试验了7600多种材料，失败了8000多次，终于获得成功，给人类带来了光明。还有尊敬的居里夫人，为了提炼镭元素，经历了无数次的失败，把各种能想到的办法试了一个遍，整整用了5年时间，处理了几十吨沥青矿石残渣，终于得到了0.1克的镭盐，在科学界爆发了一次真正的革命。

古人说"世间事不如意者十之七八"，我们在人生中自然都免不了要经历各种各样的失败，譬如在考学、求职、创业、发明、研究、经商办厂、开发产品等方面，原因很多也很复杂。失败后，许多人往往会习惯性地怨天尤人，抱怨世道不公，抱怨竞争激烈，抱怨伯乐有眼无珠，抱怨没有"好父母"，抱怨生不逢时，可很少人会问自己：你有没有去做过山德士老人那种1010次的努力？你有没有"一意孤行"、百折不挠的韧劲？

这个杀手不太冷

侯孝贤导演的电影《刺客聂隐娘》，曾在戛纳电影节出尽风头，好评如潮，获最佳导演大奖。取材自唐代裴刑小说集《唐传奇》里的《聂隐娘》一篇。讲述聂隐娘幼时被一道姑带走，过了13年被送回已是一名技艺高超的女刺客，师傅送她回来的目的竟然是刺杀青梅竹马的表兄——田季安。师傅对她说"剑道无亲，不与圣人同忧"，而剑术已成的聂隐娘，最后还是未能斩绝人伦之亲，也就是说心不够恨，成了未遂杀手。

杀手大约可分两种，一种是既遂的，一种是未遂的。未遂的原因很多，或技术不精，如刺秦王的荆轲；或情报不准，如博浪沙刺秦王的勇士，把巨锤错砸到另一辆车上；或运气欠佳，如曹操拔刀要刺董卓，恰巧老贼一回头，曹操只好借献宝刀为由，掩饰过去；或条件不成熟，像蔡元培、章太炎、鲁迅等人，在日本留学时都接受过暗杀训练，也立志准备回国刺杀清大臣，只是后来形势变化，未能成行罢了。而导致杀手失败的最重要原因就是心不够恨，优柔寡断，最后当断不断反受其乱。

由法国导演吕克·贝松编剧及执导的电影《这个杀手不太冷》，里昂是意大利裔的顶尖职业杀手，身怀绝技，从不失手。但他无意中被迫救了一个全家被杀的小女孩，动了恻隐之心，这也就犯了杀手的大忌。他为了替小女孩报仇，得罪了警察局一个恶警史丹菲尔，被重重包围，最后，濒死的里昂引爆身上所有手榴弹，和史丹菲尔同归于尽。这部电影是一首杀手挽歌，在这曲挽歌中，我们看到的，是人性由泯灭到复苏的全过程，看到了冷血杀手也有柔情的一面，只是平时被禁锢在心底。里昂在最后一刻是幸福的，脸上挂着微笑，他做了他一直想做的。

而在电影《色戒》里，20世纪40年代抗日战争时期的上海，那个红颜杀手王佳芝，虽然受了那么多训练，也对行刺目标汉奸易先生怀有刻骨仇恨。但却在易先生的小恩小惠柔情感化下，心态慢慢发生变化。当王佳芝成功勾引易先生逛珠宝店并准备下手时，枪手都埋伏好了，这时易先生向王佳芝送上钻戒，眼神中更闪过一丝深情，令王佳芝突然失去方寸，发现自己已动真情，于是通风报信让易先生逃过一劫，但易先生却毫不客气，对王佳芝赶尽杀绝。王佳芝的生活原型是郑苹如，易先生的生活原型是丁默邨，这是真人真事。

刺客是人类历史中最古老的行业之一。中国职业刺客最早出现于春秋战国时期，司马迁还专门在《史记》里辟有《刺客列传》栏目，不无热情地赞誉了曹沫、专诸、豫让、聂政、荆轲、高渐离六大刺客，这里边有三个既遂的，还有三个未遂的，虽然未遂，但精神气度值得一写，所以，太史公也不吝笔墨，为其树碑立传。如荆轲的"风萧萧兮易水寒，壮士一去兮不复返"，还有豫让，为了替智伯报仇，用漆涂身，吞炭使哑，暗伏桥下，谋刺赵襄子未遂被捕。临死时，求得赵襄子衣服，拔剑击斩其衣，以示为主复仇，然后伏剑自杀。胡曾诗云："豫让酬恩岁已深，高名不朽到如今。年年桥上行人过，谁有当时国士心？

还有两个不太冷的杀手值得一提，一个是真实人物鉏麑，他奉命刺杀晋国重臣赵盾，但为了心中的正义，选择了自杀；还有一个是戏剧人物韩琪，在戏剧《秦香莲》里，陈世美派韩琪去杀秦香莲母子，知道真情后，有正义感的韩琪左右两难，不杀无法回去复命，杀了又为自己良心谴责，最后也自杀了。这两个杀手，从职业要求上来说，是不合格的，是杀手中的另类，但从人性光芒上来说，又是伟大的，他们用自己的生命书写了忠义的悲歌，因而也能享誉人间，算是无意插柳柳成荫吧。

第四辑　名家荟萃

王国维的"我不懂"

　　国学大师王国维，学贯中西，满腹经纶，是著名的"清华四大导师"之一，但却从不以通才、全才自居，更不会不懂装懂。他在课堂上遇到学生提出的生疏问题时，常常会老老实实地承认说："这个问题我不懂。"他的学生、语言学家王力曾记得，有时一节课下来，他竟说了好几个"我不懂"。

　　他的挚友，被称为"教授中的教授""中国最后的读书种子"的陈寅恪，也一向实事求是，对自己不懂的问题就坦承不懂，如："寅恪于音韵之学，无所通解，故不敢妄说"；或"寅恪于训诂之学，无所通解，不敢妄说"。

　　诺贝尔奖得主、著名物理学家丁肇中，在接受采访或回答提问时，关于本学科问题他常常侃侃而谈，讲得头头是道，令人脑洞大开，但如果涉及到其他学科问题，丁肇中最常给出的回答竟是三个字——"不知道"。他解释说："拿诺贝尔奖，只是对很小的特殊领域有贡献，一个人不可能因为拿了诺贝尔奖，就把自己当成了什么都懂的'万能专家'，对任何事情都可以评价，我可没这么大的能耐。"

本来，大千世界百行千业，"术业有专攻"，谁都不可能无所不知，无所不晓，再伟大的学者，再博学的专家，都有自己的知识盲点，都有不懂的问题，不懂就承认不懂，不是什么丢人的事。"知之为知之，不知为不知，是知也"，孔老夫子不仅这样教诲学生，而且身体力行，他的学生樊迟请教他如何种庄稼，孔子就老老实实地承认：吾不懂，不如老农。又请教他如何种菜，答曰：吾不懂，不如老圃。

而遗憾的是，如今有些专家、权威却摆出一副无所不知的架势，熟悉与不熟悉的事，无论什么问题都敢发言，数理化天地文，不管什么学问都要置喙，天上的事情知道一半，地下的事情全知道，俨然世间"全才"。结果是，由于信口开河，常犯一些常识性错误，由于不懂装懂，每每贻笑大方。在知识大爆炸的今天，一个人即使是不世出的超天才，穷其毕生精力，能在一个学科的一个分支上有所建树并成为专家已属不易，想行行都懂，事事皆通，无异于天方夜谭，痴人说梦。

一些专家学者之所以会不懂装懂，信口雌黄，大概出于两条原因：一是虚荣心作怪，若被人问倒了，承认自己不懂，那多丢份啊，好赖自己也是个"家"，传出去面子不好看，于是，就装模作样，东拉西扯，胡诌一通，自欺欺人；二是出于利益考量，某些专家对自己不熟悉的行业乱发议论，还因为收了人家的红包，得了人家的好处，只好违心地说好话，充内行，吹吹拍拍，替人站台，为人鼓噪。这也是当今专家权威性直线下降，"专家说"急剧贬值的内在动因。

因而，建议那些到处乱说的专家权威们要学学王国维的"我不懂"精神，谨言慎语，力戒瞎说，多一点实事求是之意，少一点哗众取宠之心，且勿不懂装懂，随便表态，因为你不是全才，只能在熟悉的领域指点江山，到别的行当指手画脚，那就是胡说八道。

马云为何很痛苦？

中国首富马云曾很真诚地对消费者新闻与商业频道主持人说："我这个月不是很开心——我想是压力太大了。""有钱的确很棒，但当中国首富可不是。这很痛苦，因为当你是首富时，人人都会为了钱围着你转。"他还说，如今走在大街上，人们看他的眼神也变了，而且"花钱比挣钱难多了"。

无独有偶，将互联网带进中国的第一人、搜狐董事局主席张朝阳，也曾在接受《杨澜访谈录》专访时坦承地说："以前我曾经认为，越有钱，越有名气，就越幸福。但现在我认为钱多不是幸福的保证，钱多少跟幸福没关系。我这么有钱，却这么痛苦。越有钱、越成功如果没有管理好自己，往往更容易让你陷入精神的痛苦。"

"有钱的确很棒"，世界上许多人不幸福，是因为缺钱，导致衣食匮乏，用度窘迫。可是钱多的人也不一定幸福，因为与幸福挂钩的内容，除了钱外，还有成就、施爱、知足、健康、和谐、愉悦、自由、友谊、爱情等。如果过于关注于弄钱，而忽略了其他与幸福有关的内容，任你

134

多有钱都不会幸福的，马云与张朝阳就是典型例证。

央视曾播出电视剧《幸福密码》，作家毕淑敏也推出著作《破解幸福密码》，市场上还有不少以"幸福密码"为名的书籍。人们相信，得到了幸福密码，就会像阿里巴巴打开藏着宝藏的山洞一样，寻找到幸福。这个密码是什么呢？见仁见智，每个人都有自己的答案，钱肯定是少不了的，但钱不是一切，钱多少跟幸福也没必然关系。

英国《太阳报》曾以《什么样的人最幸福》为题，举办了一次有奖征答活动。编辑们从八万多封来信中评出了四个最佳答案：1. 作品刚完成，吹着口哨欣赏自己作品的艺术家；2. 在海边用沙子筑好城堡兴高采烈的儿童；3. 为婴儿洗完澡的母亲；4. 千辛万苦开刀后，终于挽救了危重病人的外科医生。这四个答案都与钱无直接关系，甚至无一点关系，但他们都很幸福，因为他们在干着自己最有兴趣的事情。

鞍钢工人郭明义，20 年无偿献血 6 万毫升，是他自身血液的 10 倍多，为希望工程、身边工友和灾区群众捐款 12 万元，还先后资助了 180 多名特困生，被誉为"当代活雷锋"。他的体会是，"给人温暖就是给自己幸福，每做一件好事，就有一股幸福感涌上心头，越做越有劲！"郭明义的幸福不仅不是来自挣钱，反而是来自"赔钱"，他却乐在其中。

已故著名外科学家、裘法祖院士，名满天下，成绩卓著，生前却一直住着 50 多平方米的房子，用着五六十年代的旧家具，穿着过时的旧衣服，过着很俭朴的生活，他觉得这就够了，很幸福。因为他的座右铭是："做人要知足，做事要知不足，做学问要不知足。"物质生活的知足，使他对钱没什么欲望；学问上的不知足，使他每天都忙个不停；患者对他的需要，使他充分感到自己的价值，体会到"工作着是美丽的"。

他们都没有马云、张朝阳有钱，甚至连其一个零头都没有，但都很幸福，因为他们都找到了幸福密码，这就是：干自己最喜欢的事情，而不考虑金钱，这是汩汩不绝的幸福不老泉；施爱与人而无功利之心，这是作用神奇的幸福催化剂；物质生活上的适可而止，知足常乐，这是安全可靠的幸福保护神。如果有了这三样东西，幸福就会形影不离，你不想幸福都不行，就没事偷着乐吧。

至于金钱，那是幸福大餐中的盐，缺之不可，但若用之失当，那饭菜也无法下口。

蒋梦麟的"三子"

北大历史上掌校时间最长的一位校长蒋梦麟，谦称自己是北大的"功狗"，在谈到人生哲学时说，我平生做事全凭"三子"：以孔子做人，以老子处世，以鬼子办事。所谓鬼子者，洋鬼子也，指以科学务实的精神办事。

孔子思想是入世哲学，其核心是"礼"与"仁"。"以孔子做人"，简而言之，就要待人以礼，与人为善，循规蹈矩，好学上进，"己所不欲，勿施于人"。老子思想是出世哲学，主张无为而治，与世无争，淡泊名利，宁静致远。"鬼子"的办事风格，主要是指科学、认真、精确、务实习惯，与我们民族传统的差不多、大概其、估约莫习惯相对而言。譬如做菜放佐料，欧美特别是德国人要用天平来称，精确到克，而中国人的菜谱则大多都写"盐少许""糖少许"，究竟多少全靠你凭经验掌握了。

"以孔子做人"，可以与人和谐相处，交很多朋友，建立一个温暖的生活圈；"以老子处世"，可以摆脱名缰利锁的羁绊，看轻身外之物，避免各种烦恼，减少因利益之争的对立面，以轻装上阵，投入事业；"以鬼子办事"，则做事扎扎实实，讲究科学精神，追求严谨态度，不说大话，不图虚名，可有条不紊地解决问题，实现目的。有了这"三子"，生活自然幸福，事业必定成功，青史留名也未可知。

且说蒋梦麟的"以鬼子办事"，他在美国留学10年，深受"鬼子"办事作风影响，治校北大期间，以务实精神和极强的办事能力、办事效率而令同事服膺。傅斯年称："孟邻（蒋梦麟）先生学问比不上子民（蔡元培）先生，办事却比蔡先生高明。"胡适则赞扬蒋是一位"有魄力、有担当"的校长。上任后，他明确提出"教授治学，学生求学，职员治事，校长治校"的方针；他取消了已经名存实亡变质的评议会，改设校务会议为学校最高权力机关；他千方百计筹措经费，提高教授待遇，聘请了一批知名教授；他严格整顿教学秩序，不怕得罪人，坚决辞退那些不称职的教师，开除严重违纪学生，使校风为之一振；他把学术和事务划分开来，强调层层分工，各司其职；他致力于"整饬纪律，发展群治，以补本校之不足"新思路，使得北大的教学和科研气象一新，即使在风雨飘摇的战乱年代也有稳步上升，实为一大奇迹。

其实，放眼古今中外，那些成功人士，伟人智者，大都是本着这"三子"立身处世的。民族英雄林则徐的自励名联是："海纳百川有容乃大，壁立千仞无欲则刚。"著名作家林语堂有个座右铭："文章可幽默，做事须认真。"胡适提到了自己基本生活态度有四点：怀疑、事实、证据、真理。大学者钱钟书的座右铭是："以出世精神，行入世事业。取义古钱，外圆内方。"中华人民共和国原副主席荣毅仁最喜欢的名言是："发上等愿，结中等缘，享下等福；择高处立，就平处坐，向宽处行。"中国外科医学奠基人裘法祖有一个座右铭："做人要知足，做事要知不足，做学问要不知足。"他们的人生哲学虽然表述不一，各有千秋，但基本上都是在说两个内容，一是做人，二是做事。做人要低调谦恭克己内敛，做事要认真务实求精求细。

今日而言，我们多数人在做人上较为成熟，外圆内方，宽人严己，这要感谢儒家思想多年的熏陶；但在做事上糊涂颟顸者颇多，喜欢凑合、对付、马马虎虎、敷衍塞责，还相当地缺乏"鬼子"办事精神。所以，从个人来说，难出成就显著的大家和巨匠，难有石破天惊的成果，从全局来说，影响了民族和国家的发展速度，有鉴于此，温故知新，学学蒋梦麟的"三子"，特别是"以鬼子办事"的科学态度，不无现实意义。

羡慕姜子牙

姜子牙，渭水钓鱼的老翁，武王伐纣的军师，《封神演义》里呼风唤雨的姜半仙。说实话，年轻时我真没把他当回事儿。没想到，有把子年纪，又人生屡屡受挫后，我对姜老先生越来越羡慕了，他的运气实在太好了。

姜子牙"出身"不好。他本是殷纣王宫中一个小吏，跟纣王干了不少年，也就是说是个有"历史污点"的人，且大有潜伏特务嫌疑。可是，弃暗投明后，在周文王这里不仅丝毫不受歧视，不被怀疑，反而被委以重任，掌管大权，居然能在那么多"根红苗正"的人中脱颖而出，鹤立鸡群。让我羡慕。

姜子牙学历不高。从各种历史记载来看，他既没有名师指教，也非名校毕业；既没有任何学位，也在网上查不到他的学历证书，最多算是个"自学成才"的准知识分子。然而，他却没有因此被弃用，被打入另册，被拒之门外，而是被充分信任，拜相入将，高举帅旗，运筹帷幄。让我羡慕。

140

姜子牙年龄太大。谁都知道，对当官的来说，"年龄是个宝"，如果年龄一过线，任你有天大的本事，也得退休下岗。可姜子牙在渭水河畔遇到周文王时，已年过八旬，发白齿落，老态龙钟，重孙子都会打酱油了。人家周文王依然恭恭敬敬地把他当宝贝一样，封高官，居帅位，掌大权，让他威风八面，再造乾坤。让我羡慕。

姜子牙无门无派。众所周知，能在朝中翻云覆雨，掌控局面者，无不有门有派，有多年经营的小圈子，有互为奥援的关系网，舍此便孤掌难鸣，寸步难行，迟早垮台。姜子牙偏偏是与谁都无瓜葛，既非名门贵胄，显贵东床，又非派系头头，大佬故旧。他是"净身"入仕，但却能在朝中站得住，叫得响，要风得风，要雨得雨，毫无孤立之感，终于成就千秋大业。让我羡慕。

姜子牙行为怪诞。古往今来，贤士能人入仕之途，或当面自举，或他人推荐，或考试录取，或层层选拔。可姜子牙却剑走偏锋，独出心裁，为引起周文王注意，在渭水之畔直钩无饵垂钓三年，精心上演"行为艺术"，且编歌谣叫渔翁樵夫到处传唱，为自己造舆论，可谓术不正，路子歪，君子不齿。但周文王并不因姜子牙功利心太重，进取之意太旺而心存鄙视，照样重用不疑，全权相托。让我羡慕。

"好风凭借力，送我上青天"。姜子牙，一个没文凭，没靠山，"出身"不好，严重超龄的糟老头，竟然能在历史舞台上长袖善舞，一展平生抱负，实在是个历史奇迹。看来，"不拘一格降人才"，别人都无非是说说而已，人家周文王可是真干呀！

刘震云的"笨"

　　作家刘震云很"笨",他曾自嘲说,在家里,他是"最没有地位"的那一个。"早先是太太做老大,后来发展成女儿做老大,自始至终我要考虑的就是投靠哪一边。我也思考过为什么就没有轮到我做老大时候呢?结果她们就会一起告诉我答案:你太笨了!"妻子郭建梅则是这样评论他:"他呀,特别不着调,不靠谱,傻了巴唧,老是跟没睡醒似的……"

　　被誉为"中国编导第一人"的著名舞蹈编导张继钢,说起生活中的自己很有些惭愧的样子,他承认自己在生活里"很笨",在时尚面前"手足无措"。他的妻子张拉梅也很支持这个观点,说:"张继钢虽然是一个很浪漫的人,但他没有时间浪漫。他一般都是早出晚归,在家也不爱做家务,你要让他洗一个碗,比编一个舞蹈都难。他得抽着烟看半天,琢磨怎么下手洗这个碗,等他想好了,我也洗完了。"

　　做家务本是女性的强项,但也有例外,歌唱家宋祖英就颇"自惭形秽",说:"我这个人比较粗心,不记事,除了唱歌,在家什么事都不会做,但我老公和家人都非常体谅我,从不让我干家务活,老公还给我取

142

了个绰号叫'脑膜炎'，就是说我丢三落四，在家里，他是老大。"人都被叫"脑膜炎"了，自然应该是"笨"的升级版。

可谁都知道，这几个人是艺术上的高智商、多面手，是各自行业里数一数二的领军人物。张继钢创作的舞剧、舞蹈作品多达300多种，题材多样、构思奇巧、风格独特、气象万千、屡获大奖，被誉为"舞界奇才"。他还开创了"肩上芭蕾"，将杂技与芭蕾相结合，轰动了世界。刘震云的作品，博大精深，寓意无限，写一部畅销一部，几乎全被改编成了影视剧，既叫好又叫座，可以说，凡有井水处，皆有刘震云的书，他还连续几年名列作家富豪榜。宋祖英就不说了，名师门下的声乐博士，中国民歌的"大姐大"，央视春晚的多年常客，各种晚会无可争议的压轴歌手。谁要说他们几位"笨"，恐怕没人会相信。

可是他们确实有"笨"的一面，主要是在做家务时的笨拙，生活里的"低能"，在时尚面前"手足无措"。当然，平心而论，就依他们的聪明劲，真要努力去做，那么简单的家务活，哪还有个做不好的？无非是他们心不在那上边，而是聚精会神在搞事业，终日痴迷于艺术创造，"衣带渐宽终不悔，为伊消得人憔悴"，就像张继刚，"连做梦都在想创意"，以至于无暇旁顾，搞家务时心不在焉，显得"笨"罢了。

我们也见过一些"全能"的艺术家，似乎无所不能，无所不知，里里外外一把手，到处都有他们的身影，啥热闹他干啥，可就是他的本行搞得不咋样，也不是人不聪明，能力差，大概是过于分心，注意力不集中所致。诚如《劝学》所言："蚓无爪牙之利，筋骨之强，上食埃土，下饮黄泉，用心一也。蟹六跪而二螯，非蛇鳝之穴无可寄托者，用心躁也。"

当然，绝不是提倡艺术家都不做家务，不理会人间烟火，只醉心艺术。其实，艺术家做做家务，不仅是分担家庭责任，也是一种积极休息，这里主要提倡的是那种为艺术而全神贯注的敬业态度，提倡的是那种甘为艺术做苦工的献身精神，提倡的是不干则已干就要干出名堂的进取品格。

　　我们正在努力实现文艺繁荣，呼唤大家、巨匠，呼唤精品、佳作，要达到这一目标，艺术家们需要志存高远，敢想敢为，更需要专心致志，全神贯注。

谷超豪的"加减乘除"

　　著名数学家谷超豪的人生，绚丽多彩，内容丰富，有人以"加减乘除"高度概括了他的科学研究、教书育人生涯，颇为传神和有趣。

　　首先是加法：谷超豪＋胡和生＝院士夫妇。一个书房两张写字台，每天，两位院士就在这里自我加压，以"五加二、白加黑"的拼命精神，在数学王国里遨游。其次是减法：日常生活－家务＝更多工作时间。对这对院士夫妻而言，日常生活则是一道减法题，挤出来的时间便用在了做学问上。再次是乘法：数学×文学＝丰富的人生。科学家与诗人似乎是两种气质不同的人。然而谷超豪却发挥业余爱好诗词的优势，做了一道成功的乘法，使自己的人生变得别样丰富。

　　最后是除法：一生成就÷教学＝桃李满天下。几十年来，谷超豪一直参加由学生和青年教师组成的数学物理、几何讨论班，至今雷打不动。他直接指导的研究生中就有3位成为中国科学院院士。谷超豪说："当年，老师苏步青对我说：'我培养了超过我的学生，你也要培养超过你的学生'！如今回首，我可以向苏先生交账了！"

谷超豪先生的"加减乘除人生"，可以给我们许多有益的启迪，引起我们进行深刻思考。其实，我们每个人的生活中也充满了无数的加减乘除，世界上那些所谓事业成功者，就是合理运用了加减乘除，而那些碌碌无为一事无成者，则是错误地使用了加减乘除。从谷超豪和无数杰出人物身上，我们可以悟出这样四条基本经验：奋斗和投入上要加，索取和消费上要减，学习研究上要乘，贡献和成就上要除。

奋斗和投入上要用加法。这是最基本、最重要的一条，没有这一条，其他几条就都没有了立足之基。不论我们从事任何一项工作，要想做出不凡成就，要想出类拔萃，那就得比别人花更多的时间，投入更多的精力，花费更多的心血，就得加班加点，就得夜以继日，就得"为伊消得人憔悴，衣带渐宽终不悔"，非如此，就休想叩开成功的大门。谷超豪和胡和生这一对院士夫妇，就是无数个日日夜夜的努力加出来的。

索取和消费上要用减法。这也是不可或缺的，前者是一种高尚的人生境界，力求奉献尽可能多的大于索取，后者是一种简约的生活态度，凡事力求节俭务实。人生苦短，如果我们花费在消费上的时间和精力越多，投入到事业上的时间和精力就越少。大家可能都有这样的经验，当我们还在流连忘返、陶醉于路旁景色时，那些行色匆匆惜时如金的人，早已把我们拉下很远很远了。

学习研究上要用乘法，这实际上是讲的科学合理的治学方法。好的治学方法应该融会贯通，举一反三，真正的大师、泰斗，都是多才多艺、文理兼忧的。谷超豪是数学 × 文学，钱学森是空气动力学 × 哲学，季羡林是外语 × 文学，钱钟书是外语 × 文学 × 史学，袁隆平是育种学 × 音乐，正是这别具一格的治学方法，使他们学科交叉，兼收并蓄，文理相得益彰，都乘出了大名堂，乘出了新天地，乘出了高境界。

最后是奉献和成就上要用除法。一个人的最高境界是奉献社会，奉献越多，我们的人生价值就越大，成就也就越大；一个真正大写的人，就应该把成就和奉献分给周围的人来共享。谷超豪是一生成就 ÷ 教学 = 桃李满天下；林巧稚是一生成就 ÷ 接生 = 生命满天下；袁隆平是一生成就 ÷ 育种 = 丰收满天下。而且，这样一除，不论有多大的成就和荣誉都会变得微不足道，可以使我们谦虚谨慎，戒骄戒躁，做大海里一滴永不干涸的水。

魏明伦的"成功秘诀"

"巴蜀鬼才"魏明伦，以"九部大戏、几卷杂文、两打碑赋"名扬天下，在谈到成功秘诀时，他幽默地说："我的成功秘诀是：喜新厌旧、得寸进尺、见利忘义、无法无天。"接着他解释说："喜新厌旧是创新不守旧；得寸进尺是不满足于已经取得的成绩永远向更高的目标努力；见利忘义是眼中有利于时代要求，有利于观众的追求，没有僵化、陈腐的教条；无法无天是不受陈旧的条框束缚，大胆突破，勇于创新。"

魏明伦的"成功秘诀"，实际上反映了世界上所有成功者的共同规律，朴实管用，言简意赅，值得探讨和借鉴。

喜新厌旧，是成功者不可或缺的宝贵心态。创新，是成功者的灵魂。如果因循守旧，固步自封，保守僵化，不敢越雷池一步，老祖宗定下的规矩动都不敢动，那就只能在前人留下的遗产里寻寻觅觅，修修补补，不可能有大的突破，不可能有新的成就。就以魏明伦而言，他如果没有"喜新厌旧"精神，不敢弃旧图新，《易胆大》《潘金莲》《巴山秀才》《变脸》《中国公主图兰多》等一批在国内外有影响的戏曲文学剧本，根本不可能问世。他也难以步入成功的殿堂。

148

得寸进尺，是成功者弥足珍贵的进取精神。小富即安，满足于一得之功，一孔之见，小有成就即沾沾自喜，不思进取，那是无论如何都成不了大气候的。只有永远不满足于现状，对事业有一种"贪得无厌"的追求精神，才能在成功的攀登中不断上升，最终走向辉煌。以张艺谋为例，他当摄影师时，眼睛就盯着导演的位置，已经成为驰名中外的电影导演后，又把目光转向导演歌剧，导演大型情景歌舞剧，导演奥运会开闭幕式，就这样，"得寸进尺"、得陇望蜀的张艺谋，一步步走向了自己事业的巅峰。

见利忘义，是成功者与时俱进的务实态度。所谓见利忘义，就是要与时俱进，不能刻舟求剑，利求天下之利，利求当代之利，利求人民之利，而与此相矛盾的教条圣训、"春秋大义"都弃之如敝屣，而不管是出自什么权威之手，来自何方神圣之口。要用新的义利观来指导我们的行动，只要对人民有好处，对社会前进有利，就值得努力去干，去大胆实践。改革开放之初，诸多利国利民举措，都被认为是违背老祖宗的经典之"义"，因而屡遭挞伐，幸亏我们的决策者和掌舵人不为所动，坚持下来了，才有了今天改革开放的大好局面。

无法无天，是成功者必须具备的无畏胆识。千百年来，老祖宗留下无数条条框框、章法规矩，有的还有余热，有的干脆过时，有的尚存积极意义，有的则如同废品，如果一味照办，毫不走样，就只能自缚手脚，一事无成，这里就需要一点"无法无天"的精神，像王安石所言"人言不足恤，天变不足畏，祖宗不足法。"就戏剧改革而言，从京剧的梅兰芳、周信芳，到黄梅戏的严凤英，从越剧的袁雪芬，到豫剧的常香玉，川剧的魏明伦，改革之初，无不饱受指责，骂他们目无祖宗，胆大妄为，骂他们无法无天，哗众取宠，但后来的事实证明，他们是对的，正是他们的"无法无天"，才把当代戏剧水平大大推进了一步。

魏明伦"成功秘诀"的核心，归根结底就是两句话：解放思想，大胆创新。这是打开世界上所有成功之门的阿里巴巴钥匙。

金庸的"五字真言"

　　金庸先生不仅是个著名武侠小说家，而且还是个办报的行家里手。当年他主办的《明报》副刊，聚集人才之多，文章质量之佳，均独步天下，究其原因，关键在于金庸对副刊的特殊要求，他说："副刊是一张报纸的灵魂，港闻和国际电讯大家都差不多，但是副刊做得出色的话，那张报纸就会与众不同。"为此，他曾写下"副刊之五字真言"，贴在编辑部供大家参考：短、趣、近、物、图。

　　这"五字真言"，可谓深得报纸副刊质量之真谛、异常珍贵的经验之谈，即是今日，对报纸副刊的编辑仍大有启迪意义。为什么大家都在办副刊，有的办得有声有色，文采斐然，令人爱不释手，看了这一期还惦记着下一期；有的却办得死气沉沉，面目可憎，装腔作势，简直让人无法卒读，差距在哪里，我看就差在这"五字真言"上。

　　先说短。林语堂有妙语："演讲要像少女的超短裙，越短越好。"副刊文章也是如此，宜短不宜长，文字应短而简洁明快，少引经据典，不咬文嚼字。当然，短文要有内容，有质量，能自圆其说，可收放自如，方寸之地，气象万千。常看到副刊发的一些长文，可能是名家的信马由缰，老生常谈，也可能是关系户的拼凑之文，无病呻吟，读来味同嚼蜡，深受折磨，实在是败坏报纸副刊的"文字毒药"。

再说趣。副刊文章一定要新奇有趣，轻松活泼，可读性强。新奇，就是题目新，视角新，内容新，手法新，以新取胜；有趣，就是有情趣，有意趣，有兴趣，文字优美，妙趣横生，让人读来如饮佳酿，如坐春风。副刊文章还要尽可能做到轻松活泼，《新民晚报》老报人林放（赵超构）有个经验之谈，副刊文章"要软点、软点、再软点"，不妨参考，细心揣摩。

再说近。就是要有时效性，副刊文章虽然不像时评、社论那样紧跟形势，但也要与时代同拍，要接近新闻，接近"时尚"，对时下大家最关心的话题从文化方面进行阐释。如今是信息时代，"各领风骚三五天"，如果没有这些"趋时"文章，报纸就会显得暮气沉沉，一股冬烘之气扑面而来。总之，去年可用今年仍可用的文章要少用，十年前可用十年后亦可用者要坚决禁用。

说到物，就是言之有物。副刊文章无论是讲述一段故事，一件事务，一个道理，都须令人读之有所得。或增常识，或广见闻，或明事理，或励心志，一句话，就是要让人读完一篇文章后有所收获，多少记住点什么东西。文章最忌穿靴戴帽，东拉西扯，故弄玄虚，言之无物，读完后不知所云，毫无收获，那种文章就彻底失败，该丢到粪坑里去。

最后说图，要少而精。现在的插图条件比金庸办报时要强到天上去了，借助网络和光电设备，各种图片，照片，漫画应有尽有，问题是怎样去选择，以求活跃版面，帮助阅读，增加报纸的戏剧舞台感，甚至可起到画龙点睛之妙用，这关键取决于副刊编辑的眼光和策划水平，即所谓"运用之妙，存乎一心"。

"副刊是一张报纸的灵魂"，有了灵魂，报纸就鲜活、生动起来，为让报纸"灵魂"大放异彩，金庸的"五字真言"不可不察。

吴冠中的"怪癖"

　　刚刚仙逝的著名画家吴冠中，有一个保持多年的"毁画"习惯。他的画如果自己稍微感到不满意，哪怕已经完全画好，裱好，也毫不犹豫地亲手毁掉，因为他有一个坚定信条："不满意的画绝不能让它流传出去，否则会害人。"他的画价极高，随便哪一幅都能售价几百万。即使冒名顶替的赝品，也动辄以百万成交，前不久，一幅署名"吴冠中"的油画《池塘》，被吴老自己鉴定为赝品，仍以230万元拍出。所以，行家们说，他每毁一幅画，就等于"烧毁一座豪华房子"。可是，他却始终不肯改变这个习惯，是画到老，"毁"到老。正因为如此，市场上吴老的画不多，却每一幅都是可以传世的精品，一挂出来，就被收藏者争相抢购。

　　为艺术呕心沥血，对艺术精益求精，要求作品完美无瑕，不肯稍有迁就，对任何瑕疵都视若敌仇，誓不两立，可以说是古今中外一切大艺术家的共同特点。

　　"扬州八怪"之一的郑板桥，虽然有名言"难得糊涂"流传于世，但对自己的作品却十分严谨。他一生著述丰富，诗、书、画三绝，但他对自己的很多作品都不大满意，经过一番严格的筛选后，才挑出少量的诗作付梓，其他都销毁了。由于他的诗作流散在外较多，在编定自己的《诗钞》时，他在《后刻诗序》中说："板桥诗刻止于此矣，死后如有托名翻板，将平日无聊应酬之作，改窜烂入，吾必为厉鬼以击其脑！"

唐代著名诗人杜牧，是一位多产而质优的诗人，有一千多首，当时就广为流传，但他却非常苛求自己。为了不给后人留下一首不理想的诗，当晚年重病在身时，他把不满意的诗稿都烧掉了，最后只剩下200多首，都是精品中的精品。于是就有了流传至今、琅琅上口的"清明时节雨纷纷，路上行人欲断魂"，有了绮丽曼妙的"南朝四百八十寺，多少楼台烟雨中"。

相反，"超级高产诗人"乾隆皇帝，就是因为写诗只讲数量，疏于质量，多数是繁衍成篇，应景凑数，而且，不管写成什么样子都当成宝贝收藏收录，不忍割舍。结果是虽然一生写诗45000首，创下世界诗歌之最，比《全唐诗》还多，最后竟然连一首也没流传开来。想想也真叫人感到悲哀，还是俗话说得好：宁食仙桃一口，不吃烂杏半筐。

艺术创作就是这样，缪斯女神从来都最青睐那些对她忠心耿耿、满腔赤诚、一丝不苟的信徒，谁投入越多，付出心血越大，质量要求越高，越精雕细刻，就越能出精品佳作。反之，满足于差不多就行了，粗制滥造，马马虎虎，萝卜快了不洗泥，整出来的东西可能也不少，最多不过是普通工匠水平，问世既速，湮灭更快。曹雪芹写《红楼梦》，用了十年时间，"披阅十载，增删五次"，"字字看来皆是血，十年辛苦不寻常"，所以成了传世极品，名扬中外；而当今一些高产作家，日成万言，一年就能写三五部长篇小说，可惜，最后结局大都进了造纸厂的化浆池。所谓"一不留神就是一部《红楼梦》"的狂言，只能是痴人说梦。

从吴冠中的"毁画"，我又想到一个故事。有个青年画家，画得很快，却少人问津。他很纳闷，就问一个老画家，为什么您的画挂出一天就能卖掉，我的画挂出去一年都卖不掉？老画家语重心长地告诉他，因为我的画用了一年时间，而你的画只用了一天。你可以颠倒过来试试，用一年时间画一幅画，肯定用不了一天就卖掉了。

"毁画"习惯成就了画坛巨擘吴冠中，敝帚自珍使乾隆的诗作形同废纸，这就是艺术法庭的裁决结果。

从王立群的"四行"说起

《百家讲坛》主讲人、河南大学教授王立群在一次访谈中提到自己坎坷的人生经历,"被打下去,挣扎着起来,再被打下去,再挣扎着起来,最后取得成功",他总结说:人一生想要做成点事情,必须要有"四行":第一,自己要"行";第二,要有人说你"行";第三,说你"行"的人得"行",第四,你的身体得"行"。自己说自己"行"是不行的,还要说你"行"的人得"行"。

实事求是地说,王教授这"四行"只是实用的经验之谈,并非理想的用人机制,但现实生活中确实就是这么回事,王立群本人就是这"四行"的最好标本,首先是他自己行,博闻强识,能言善辩,又是历史专家,大学教授;其次,《百家讲坛》的人说他行,而《百家讲坛》的编导不仅都是文史方面的内行,而且大权在握,说话管用,让谁上节目谁就能上;再次,王立群虽然已近花甲之年,但老当益壮,身体也行,能轻松胜任主讲工作。所以,水到渠成,占得天时地利人和的他就一举成名,红遍天下。

张艺谋也是"四行"的活样本。没上大学前，他就是工厂里有名的能人，摄影、绘画、演出、木匠活，干啥啥行，号称小才子，身体也好得很。可他考大学时因超龄而被拒门外，他就写信给高层领导，幸亏碰到一个说他行自己也很行的人，才被破格录取。如果不是这个领导爱才心切，不拘一格，真险些耽误了一个大导演，且不说他导了那么多妙不可言的好电影，光是他导演的北京奥运会的盛大开闭幕式，就让中国人在世人面前大放异彩，扬眉吐气。

这"四行"放在古人那里也是如此。韩信自己很行，有经天纬地的本事，身体也行，棒小伙一个，可在楚营时，因为没人说他行，也只好干个扛戟站岗的大兵。跳槽到了汉营，丞相萧何慧眼识珠说他行，萧何本人也很行，是总管家、大功臣，刘邦的第一亲信，德高望重，一言九鼎，于是，韩信就因此出将入相，大显身手，率百万大军，攻必克，战必胜，一飞冲天，建立不世之功。

这"四行"里，自己行是关键，若没这一条，说别的都是白搭；有人说你行是必要条件，说你行的人得行也是万万不可少的；身体行则是物质基础，缺一不可。细究起来，有人说你行这一条，可遇而不可求，说你行的人自己也得行，更是我们无法控制。所以，古人说"千里马常有而伯乐不常有"，就因为没人说行，不知多少人才被埋没，被耽误，被明珠暗投。"四行"里自己真正能做主的，一是争取自己能力要行，二是保证身体能行。

现实生活中，我们也见着不少自己根本不行，但因为说他"行"的人很"行"而飞黄腾达的人，原因就是他们与那些位置高、权力大因而很行的人或沾亲带故，或善于伪装获取信任，或长于拉关系找靠山，所以近水楼台先得月，得到提拔重用。结果，就出现了"说你行你就行，不行也行；说不行就不行，行也不行"的怪现象，环顾左右，那些能力不大，架子不小，水平不高，官位不低的人，大都是这样上来的。他们尸位素餐，糊涂颟顸，空食国家俸禄，辜负人民期望，官再大也没有价值。

退一步说，只要自己行，有真才实学，有一技之长，有过人之处，即便没人说你行，即便说你行的人不行，你也绝不会一事无成，碌碌无为。蒲松龄屡试不第，没人说行，因而发愤著书，成了伟大的文学家；袁隆平试验杂交水稻，没人说行，最后他却成了闻名中外的杂交水稻之父，这样的事情不胜枚举。行也罢，不行也罢，我们还是记住但丁的话：走自己的路，让别人说去吧！

胡适的"三味药"

1960 年，胡适应邀去台南成功大学为毕业生作了一场题为《一个防身药方的三味药》的讲演，虽说并无惊人之语，但出自于像他那样一个著名的成功人物之口，又以他自己几十年的生活经历为证，还是颇有点说服力的。

看看他的三味药都是什么吧。一是"问题丹"。胡适认为它是每个即将进入社会的大学生的"第一要紧的救命宝丹"，"问题是一切知识的来源"，"只要你有问题跟着你，你就不会懒惰了，你就会继续有知识上的长进了。"为了解决那些"时时引诱你去想他"的问题，你就会克服种种困难解决之。

大千世界，各行各业，我们不论干什么工作，其实都是在与问题打交道，都是在发现问题，思考问题，解决问题。能者与庸者的区别就在于，能者是主动地找问题，庸者是被动地接受问题；能者以解决问题为享受，庸者一看见问题就头疼；能者推着问题走，庸者被问题推着走。以胡适为例，早在留学期间，他脑子里就装了一个"问题丹"，整天苦思冥想"如何使吾国文字易于教授"，回国后，与几个志同道合者为这个问题奔走呼号，摇旗呐喊，不懈努力，终于开创了白话时代。推而广之，孙中山的"问题丹"是推翻满清封建王朝，周恩来的"问题丹"是"为中华崛起"，钱学森的"问题丹"是科学救国，袁隆平的"问题丹"是水稻如何高产量，他们都为自己的"问题丹"殚精竭虑，并取得辉煌成就。

二是"兴趣散"。他说"每个人进入社会，总得多发展一点专门以外的兴趣"，这种专业之外的玩意儿，"不是为了吃饭而是心里喜欢做的，用闲暇时间做的"，可以使生活"更有趣、更快乐、更有意思"，甚至在某些时候"一个人的业余活动也许比他的职业还更重要"。

爱因斯坦的"兴趣散"是拉小提琴，因为有兴趣，乐此不疲，他的演奏几近专业水平，同时也印证了他的名言：兴趣是最好的老师。作为医生的契诃夫，他的"兴趣散"是写小说，并以苦为乐，锲而不舍，他成了世界著名作家。人生在世，至少得真心对一两样东西感兴趣，倘若对什么都没兴趣，这日子也未免过得寡淡冷清了一些。

三是"信心汤"。胡适用"努力不会白费"来鼓励青年，"在这个年头，看见的，听见的，往往都是可以叫我们悲观、失望的——有时候可以叫我们伤心，叫我们发狂"的时代，正是要培养我们信心的时候。人无信心，百事难成，这是放之四海而皆准的真理，也是任何想成功、想取胜、想成才、想出类拔萃者不可或缺的一味"药"，当然，这个信心必须是建立在方向正确、方法得当、努力奋斗基础之上的。

胡适这三味药，说是"防身药方"，其实有些言过其实，倒是有点像今天的"成功学"，这三味药，虽然单独看都失于平常，没有新意，但把这三味药配成一服药，让它起化学反应，就会药性大增，疗效显著，很有些意思了，那些刚走上社会的年轻人不妨一试。备好"问题丹"，乐服"兴趣散"，常饮"信心汤"，你的生活一定会更加丰富多彩。

第五辑　晨钟暮鼓

"斜封官"与"江西锭"

　　《资治通鉴》第 209 卷载：唐中宗时期，安乐公主、长宁公主及韦皇后的妹妹邺国夫人、上官婕妤、上官婕妤的母亲沛国夫人郑氏、尚宫柴氏、贺娄氏、陇西夫人赵氏等人，大肆受贿，为人谋官。不管是屠夫酒肆之徒，还是奴婢家丁之流，只要向这些人送上 30 万钱，就能绕开组织部门的考察，直接得到由皇帝签名的"委任状"。由于这种"委任状"是斜封着交付中书省的，所以这类官员被称为"斜封官"。

　　买官鬻爵，历朝历代都有，花样也各有不同。平心而论，有唐一代，吏治水平和官场风气与其他朝代相比，都是比较好的，虽然也曾有过"斜封官"的不光彩历史，但不仅当时抵制的人很多，而且，即便是"斜封官"的总后台唐中宗也觉得这种官来路不正，要斜封着交付中书省，以别于通过科举录取的"正封"官员。民间也对"斜封官"持另眼相看态度，婚嫁都尽量不与"斜封官"结缘。"正封"官员则以结交"斜封官"为耻。一些正直官员还想方设法封杀"斜封官"，吏部员外郎李朝隐就利用手中权力，前后阻止了 1400 多名"斜封官"的任命。所以，那时的"斜封官"的日子并不好过。

到了清代，又出个稀罕物叫"江西锭"，与"斜封官"有异曲同工之妙。《南亭笔记》载，清朝末年的银库库兵，那可是个尽人皆知的肥缺儿，人常说"三年银库兵，万两雪花银"。何以如此？原来库兵每月都有搬运银两的差事，为了防止他们夹带私藏，库兵进出银两库搬运银两，无论春夏秋冬，都要赤身裸体，由堂官公案前鱼贯而入，并且在出库时，赤身列公案前，两臂平伸，张嘴发声以示口中无物。然而，"道高一尺，魔高一丈"，库兵也有"高招"，把银块藏于肛门之中。他们事先经过刻苦的训练，先用鸡蛋抹了麻油往肛门里塞，然后再换鸭蛋、鹅蛋，最后是铁蛋，练得"夹功"甚是了得，最多的一次可以夹带银子五十多两，日积月累，就成小富翁了。当时，银锭都是各地铸造，银库兵最爱夹带的是江西锭。这种银子圆润、光滑、无棱角，夹起来不痛苦又能多塞。因此，当时这也是个公开的秘密，人们送贺礼、通关节、发饷银，都不爱用"江西锭"，特别是京城一些饭店老板，公开拒收"江西锭"，说那都是库兵用肛门夹出来的，是脏钱，不干净。

"斜封官"与"江西锭"，一是人，一是物，都是来路不正，系腐败产物，因而受人歧视，人们可以对此没有办法，无法制止，但我可以蔑视你，冷落你，让你没有市场，四处碰壁，这也可称为舆论氛围。古今中外，治理腐败大体可以有三种办法，一是法制惩戒，二是制度制约，三是文化引导。前两种要依赖权力推行，只有少数人能参与，虽说是"雷霆手段"，但毕竟不能全面监控，往往留有死角、漏洞，而第三种手段，虽"和风细雨"，但全民参与，真正的天网恢恢疏而不漏。如果三种办法同时实行，软硬兼施，合力并举，腐败现象就容易得到遏制。

今日视之，官场虽无"斜封官"之说，但实际上，变相走"斜封"之路而变身官员的人还不少，有的是花钱从白丁直接"斜封"为官，一步登天，更多的是，本已为官员，为更上层楼而买官"斜封"。形形色色的"江西锭"就更数不胜数了，每有贪官落网，便可在家中查出堆积如山的"江西锭"。有这些东西并不奇怪也不可怕，可怕的是，惩戒不力，雷声大雨点小，制约失灵，制度形同空文，再加上贪渎文化又大行其道，人们羡慕腐败，甭管你是"正封官"还是"斜封官"，笑清不笑贪，只要有钱可捞，管他是"江西锭"还是别的锭，那就真的积重难返了，是我们最不愿看到的结果。因为文化是我们的精神家园，家园都污染了，让我们的灵魂何处安身？

"正不压邪"效应

道高一尺，魔高一丈。是"正不压邪"效应的最经典诠释。

好事不出门，坏事传千里。一个人做了再多的好事，也难以传播开来；而做了一件坏事，就可能臭名远扬。譬如，即使你整天在小区里扶老携幼，帮贫问苦，也不会有多大知名度，而如果你有了一件不太光彩的绯闻，可能不到半天工夫，小区的男女老少都会认识你。

创业如同针挑土，败业好似水推沙。创建一个成功的企业，需要几十年、上百年的不懈努力，积沙成塔，集腋成裘；而要毁掉一个企业，只需一个决策失误、一个意外事故、一件小小丑闻，就能立马见效，三鹿奶业如此，南京冠生园如此，美国雷曼兄弟亦如此。

病来如山倒，病去如抽丝。中医论病，就是邪气上身，治病则是以正气驱邪气。一个不小心，伤风感冒，就是体内邪气当道了；即便马上打点滴，吃感冒药、退烧药，卧床休息，如此千方百计培养正气，也得至少一星期才见效。

好人不长命，坏人活百年。本来，恶有恶报，善有善报，坏人恶贯满盈，理应早下地狱；好人乐善好施，遵纪守法，应当长寿幸福。可事实上，往往是恰恰相反，该死的不死，当活的难活，那些乌龟王八蛋偏能长命百岁。

墙倒众人推的多，扶危济难者少。

英雄垮掉要比崛起快得多。一个英雄的崛起，何其艰难，没有个十年八载的奋斗很难出人头地，可要是垮掉，一个跟头就够了。曾经名震一时、业绩不凡的改革英雄禹作敏、牟其中、马胜利、何阳，现在不是早就湮没无闻了吗？北京奥运会的两大英雄，菲尔普斯正因为吸毒而麻烦，博格特也为大跳艳舞而饱受攻击，不知他们最终命运如何，但愿不要垮得太快呀！

野草比禾苗生命力更强。没人种，没人管，不用化肥，不上激素，还经常遭受除草剂的无情打击，田里的野草却顽强生长，怎么也除不干净。而那些宝贝禾苗呢，有农药护着，有化肥催着，有农夫盯着，还活得蔫蔫的，一不留神就要出毛病，不是绝收就是减产。

破坏总比建设容易。罗马不是一天建成的，但绝对可以一天毁掉，即便不用核武器。

救人好药多难见效，害人毒药一用就灵。治病救人的药，有的服了根本就没有用，有的要服上三年两载才见效，"药到病除"在大多数情况下都是个神话。而那些毒药，不论是过去的鹤顶红、蒙汗药，还是现在的氰化钾、毒鼠强，都是一用一个准，基本不用服第二次。

好榜样很难推开，坏榜样一学就会。

害虫比益虫繁殖速度快得多。当然，害虫或益虫都是对人而言的，人家自己并不这样认为。蚊子、苍蝇、臭虫、老鼠，为害虫之首，人们想尽办法，烧、灭、毒、熏，无所不用其极，可挡不住它们惊人的繁殖速度，而人类竭力保护的益虫、益鸟、益兽，却子孙不旺，难与害虫相匹，也颇遗憾。

干一百件好事得来的好名声，做一件坏事就能毁掉。

清官千呼万唤始出来，贪官遍地都是，打不胜打。舆论呼唤清官，百姓盼望清官，政府鼓励清官，可清官总没有人们希望的多；舆论批判贪官，百姓痛恨贪官，政府严惩贪官，可贪官总是出人意料的多，像地里的韭菜一样，割一茬又一茬，前赴后继，代代不绝。

正不压邪，何以如此？原因也很简单，因为，正的、好的、善的、建设性的事情，都如同逆水行舟，阻力大，困难多，流血流汗耗时耗力还见效极慢，所以，有时就成了曲高和寡的阳春白雪；邪的、丑的、恶的、破坏性的事情，则好比山顶滑雪，不费劲，有惯性，舒舒服服就滑下来了，有时还就成了能吸引众多粉丝一呼百应的"下里巴人"。

既便如此，我们还是要努力养浩然正气，做正人君子，干堂堂正正的好事，用正义挑战邪恶，和邪恶力量拔河，坚持不懈，众志成城，总有一天，水滴石穿，会扭转邪不压正的风气，还一个朗朗乾坤，清平世界。

现代人的"十不信"

有建筑公司说自己工程中标全凭的是实力而绝无行贿之举，既没有深夜上门送上"馈赠"，也没有在一起"坐坐、唱唱、按按、涮涮"。恐怕没人相信：世上哪有那样的好事，不下香鱼饵就能钓金鳌，难道你是当代姜太公不成？

有年轻官员仕途得意，破格提拔，呈火箭速度。如果说他既没有"背景"，也没有"靠山"，既不是某某的公子，也不是某某的驸马，某某的秘书，那肯定没人相信，你骗谁呀？一定会有人在网上用"人肉搜索"查他个底朝天，祖宗八代都翻出来晒晒，亲朋好友都一一曝光，或许还就是有"惊人发现"。

有患者开刀手术成功，效果良好，而他却说居然没给开刀大夫送红包，也没请大夫"在一起坐坐"，哪个肯信，谁个当真？准有人会不无夸张地说，这是天方夜谭吧，要知道，现如今找个不收红包的大夫真比找个外星人还难啊！

有学人评职称，一路顺风，心想事成，在激烈竞争中轻松胜出，如果说他没去找过评委"表示表示",到家里去"看看",恐怕是没人相信。骗谁呀你,舍不了孩子套不住狼,谁不知道现在的某些评委是什么货色,不送礼不投票,送了礼乱投票,天底下哪有不吃荤腥的猫。

有女明星突然大红大紫,屡屡出镜,角色不断,"内行人"便会很有经验地判断,她不知被谁"潜规则"了。如果她自我表白完全是靠"个人奋斗"而成功的,估计大多数人也难以相信,现如今,影视界不乏乌烟瘴气剧组,时闻色狼导演横行,你若守身如玉,不肯"为艺术献身"还想出名上戏,那是"门儿"都没有。

有地方黑社会长期猖獗,黑老大横行无忌,政府治理无方,任其肆虐,百姓怨声载道。政府却推说"警力不足"、案情复杂云云,这种鬼话连小孩子都不会相信,如果没有官黑勾结,没有公检法内鬼靠山,黑社会无论如何玩不了那么大。近来重庆"打黑",拔出萝卜带出泥,连续有公检法高官数人落网,就是明证。

有先进材料公布,有模范事迹见报,或救死扶伤,呕心沥血,或全心为民,公而忘私,或清正廉洁,一尘不染,总有人将信将疑:现在还有这么好的人,他到底图个什么?材料里有无水分,事迹可否拔高,事情有几分真实?难说,难说,不信,不信。

有评论家猛捧某部作品,说得天花乱坠,不是《红楼梦》第二,就是当代一《飘》,不由得读者生疑,这小子一定是拿了作者的红包,吃了他的大餐,或是他的哥们,这才拼命炒作,乱吹牛皮。评论家无利不早起,瞎吹则必有猫腻,于是,读者由不信评论到不信作品,谁信了才是傻子!

有官员文集出版,领导大作问世,虽然每每搞得轰轰烈烈,大张旗鼓,但既没人会去认真拜读,因为都是官样文章,八股风格,读之如同嚼蜡;也没人相信是他们自己动笔写的,无非是秘书代笔,秀才提刀,官员签名而已。于是,公款认购后,或躺在仓库里睡大觉,或直送造纸厂化浆池，完成物质不灭再循环。

有公款考察团出国，洋洋数万里，纵横几大洲，纳税人的银子花得像流水一样。据说此行考察意义重大，考察收获多多，开阔了眼界，改变了观念，启发了思路云云，且有考察报告为证。可是，没人会信以为真，谁都知道这是公费旅游，巧立名目，假公济私，就连考察报告都是旅游公司代笔。

曹雪芹云："假作真时真亦假，无为有处有还无"。这当今社会真假虚实、有理无理相互交织的"十不信"，可见风气，见人心，见世态，更引人深思，促人反省——究竟是发生信任危机，还是社会风气使然，究竟是世道人心出毛病了，还是我们的判断能力不正常了？

孙猴的"官瘾"是怎么来的？

大家知道，《西游记》里的孙悟空官瘾颇大，曾多次跑官、要官、闹官，搅得鸡犬不宁，天下大乱，最后被如来佛压在五行山下，又被观世音收编当了和尚，才算彻底了却官瘾。

可究其根本，孙悟空本是个无爹无娘、无宗无派、无根无缘的石猴，既无光宗耀祖、出将入相的家教熏陶，也没接受过学而优则仕、修身齐家治国平天下的儒学教育，他的官瘾到底是从哪里来的呢？不妨分析一二，找找根源。

首先，平素耳濡目染使他生出官瘾。石猴原来是个无忧无虑、天真活泼的小家伙，对升官发财之类没任何想法，整天吃了玩，玩了睡，其乐无穷。可是他慢慢发现，猴群里大小是个头就有的是好处，遇到鲜果美食，猴王先吃，找到甘洌清泉，猴王先喝，猴子里的美女娇娃，更是猴王优先享用，其他公猴都只有羡慕的份儿，总之，当猴官的好处太多了，太吸引人了，所以窥视猴王位置的猴也不计其数。于是，小石猴的官瘾就从这里潜移默化、逐渐萌发滋长，并开始努力寻找当官机会。功夫不负有心人，机会终于来了，当他冒着生命危险完成水帘洞探险任务后，就迫不及待地要求众猴兑现事前的承诺，拥戴他当了猴王，水帘洞这惊险的一跳，完成了他步入"仕途"的第一步。

其次，特权待遇影响使他的官瘾恶性发作。一开始，孙悟空的官瘾还是很朴素的，不知道官也分三六九等，也有尊卑高下之别，当个小猴王有一帮小喽啰能多吃多占就满足了。可是，当他去了东海龙王的宫殿后，才知道官原来还有另一种当法，官还可以当得那么威风、排场，那么奢侈、骄横，回来后就心态不平衡了，要寻找新的做官机遇。所以，一听说玉皇大帝要给他个"天官"做，就毫不犹豫地跟着太白金星上了天庭，高高兴兴地当上了弼马温。后来他发现这原来只是天上一个没有品位的养马的小官，什么油水都没有，就立刻不干了，打闹起来。还是太白金星从中说和，给他一个"齐天大圣"的没有实权的空官，算是满足了他的虚荣心，这才消停了数日。再后来，王母娘娘开"蟠桃宴"，请吃仙桃，饮琼浆玉液，孙悟空听到各路官员尽皆受到邀请，惟独没有自己，才知道自己原来当的是个空有其名的窝囊官，一气之下又大闹天界，返回花果山，并演出了轰轰烈烈大闹天宫一场戏。

任何神话其实都是人间现实生活的反映，《西游记》自然也是一样，孙悟空从一个天真烂漫的小毛猴，变成一个官瘾惊人的官迷，也与世间那些大大小小的官迷有着同样的变化轨迹和价值追求。孙猴子想做官，无非是为了有好处，有名声，可以多吃多占，名利双收，而人世间那些大小官迷更是如此，"千里去做官，为的是吃穿"，"做官不发财，请我都不来"，"三年清知府，十万雪花银"等民谣，就是其心态和追求的最好写照。正因为如此，官迷的代代不绝，越来越多，也就没什么好奇怪了。当然，也确实有人做官是为了实现人生价值，想干一番事业，治国平天下，奉献社会，服务人民，但真心实意想这么干的人并不多，大多是挂在嘴上，贴在办公室墙上，写在报考公务员的申论里，比孙猴子的觉悟高不到哪里去。

《西游记》里，官迷心窍的孙悟空虽然保唐僧西天取经居功至伟，但最终还是没能当官，而做了一个不食人间烟火的"斗战胜佛"，这是他的幸运也是他的属下的幸运。因为从书中孙猴子的行事风格和理想追求来看，他即使当个有职有权的官，也会整天忙于吃喝游逛，无意政务，无心黎民，而把主要精力放在跑官、要官、闹官上，就像现在那些时常可见的昏官、庸官、贪官。

孙猴子的故事固然是虚构的，但像孙猴子那样跑官、要官、闹官的事情，却屡见不鲜，代代都有。可以肯定，只要做官的好处还是那么多，特权还是那么大，油水还是那么厚，孙猴子那样的官迷就一定还会层出不穷。当然，想当官、官瘾大都不一定就是坏事，拿破仑不是说过"不想当将军的士兵不是好兵"嘛，但仅为了个人的发财享乐和名声而做官的官迷还是少些为好。

买有胳膊的维纳斯

闲来无事，辑了几个干部乱发指示的笑话，放在一起，异曲同工，颇有趣味，亦不无寓意。

先说一个科级干部的。一所地处偏远的小学在上美术课，讲台上放着一尊断臂维纳斯的石膏塑像。前来视察教学工作的县教育局长走进教室，问一位学生：这个塑像怎么没有胳膊？学生怯生生地回答：不是我弄坏的。教务主任一旁赶忙解释说：这塑像买回来的时候就是残的，没胳膊。校长不好意思地打圆场说：学校经费紧张，买的是次品。局长很生气，对校长说：再穷不能穷教育，下次一定要买好的，有胳膊的。

再说一个县级干部的。水稻专家袁隆平得了国家科技大奖500万元，轰动全国。某县长到县农业专科学校视察，热情洋溢地对学生发表演讲：谁说搞农业没出息，袁隆平就是种水稻种出名堂的。如今，听说纳米技术很吃香，市场很欢迎，供不应求，你们谁要能种出纳米来，我也奖你500万元，给你披红挂彩，让你名利双收。

再说一个省级干部的。韩复榘曾任山东省省主席，他去山东大学视察时，看到大学生正在打篮球，很是生气。教训校长说：刚才，在一进门那里，一伙人抢一个球，个个满头大汗，这就不对啦。没钱，上俺那去领一点嘛。多买几个球，每人发一个，省得你争我抢的，不成体统嘛。再就是那个篮子，整个就是个漏的，丢一个，漏一个，再没钱，补一补篮子的钱总会有吧。

最后再说一个国家级的干部。身为苏共前总书记的赫鲁晓夫，有一天，他突然心血来潮去参观书画展览，装出一幅行家高手的样子，对一位知名画家的作品评头论足，滔滔不绝。可这位画家偏偏是一个"杠头"，根本不买账，逐一反驳。赫鲁晓夫大丢面子，气急败坏，怒吼："我当基层团委书记时不懂画，我当地区党委书记时不懂画，现在我是党的总书记了，难道还不懂画吗？"

笑话当然都是有些夸张戏说的，但并非在生活一点没有影子，都是有生活原型的，毕竟任何笑话都是来自生活，无非是更典型罢了。看了刚才几个笑话，估计不少人都会会心一笑：不错，我们单位就有这样的干部，甚至比这还荒唐无知，要把他们的事情编成笑话，比这还精彩。

这几个笑话说明什么呢？说明，无论古今中外，谁都不会生而知之，不论官多大，都有不懂的学问，都有说不清楚的事情，都有不能乱发言的禁区，都须谨言慎行。孔子那么大学问，尚且"子入太庙，每事问"。所以，身为官员，因为发言权比别人大得多，发言机会比别人多得多，更应小心谨慎，知之为知之，不知为不知。切不可不懂装懂，自以为是，乱发议论，弄不好，你的高论就成了笑话，你的指示就被当成笑柄，一不留神，被发在网上，或写入《笑林广记》，你也因此而臭名远扬了。

因而，我们的干部特别是领导干部，每到一地，千万不要当下车伊始哇里哇啦的钦差大臣，还是低调谦虚些为好。如果遇到那些没把握的事情，碰上那些很生疏的问题，务必不要轻易发言，不要乱作指示。如果一定要表态，那就最好老老实实地说一句：对不起，我不懂！不懂不丢人，乱说才丢人。

"戾先生"小传

戾先生，本名戾气，职业不详，年龄不详。有人曾问过他年龄："先生贵庚？"他一句话就把人家顶到南墙上："关你屁事，吃饱了撑的，神经病！"小区的人都知道他火气大，说话难听，几乎没人搭理他。

当然，秦桧还有三个朋友，戾先生也有几个能说上话的人。几个臭味相投的人到一起，那就是比着发牢骚，讲怪话，骂天骂地，这也不满意，那也瞧不上。骂富人都是为富不仁，犯事儿就该蹲大牢；骂当官的无官不贪，都该挨枪子；骂商人无商不奸，生个孩子没屁眼；骂明星演技太差，就靠卖脸吃饭；骂自己的老板有眼无珠，不肯重用自己……个个都怨气冲天，怒火中烧，似乎大伙都欠他的，全社会都亏待了他。

戾先生可不是只会纸上谈兵，一逞口舌之快，他是个非常善于理论联系实际的人，他知道"批判的武器不能代替武器的批判"，所以常大胆实践，干出不少有违常理与众不同的事。

戾先生爱打篮球，球技虽不咋样，但火气挺大，几乎哪一次打球都要与人发生冲突，不是出口伤人，泼妇骂街，就是拳脚相加，大打出手。

时间长了，大伙都知道戾先生球风太差，球德不堪，谁也不愿意和他一起打球，他最后不得不一个人孤零零地在篮球场上自娱自乐，好生可怜。

戾先生有个特点，本来挺小的一件事，他却能闹得天下大乱，不可收拾。近日，他乘坐飞机去旅游，就因一杯开水与空乘发生冲突，一会儿扬言"要炸飞机"，一会儿要"跳飞机自杀"，闹得乌烟瘴气，最后导致飞机不得不返航。他也被公安部门拘留 5 天，罚款 1000 元，整个假期都在拘留所里度过了。

戾先生爱上网，更爱跟帖，发表酷评，自称"网络暴民"。他平时就粗口连篇，上了网，无人监督，就更是黑话毒酷，想着法子以最刻薄的语言羞辱他的对立面，变着花样宣泄有理无理的情绪，亢奋狂热地转发着真真假假的消息，甚至散布别有用心的谣言，唯恐天下不乱，网络成为戾气发泄不良情绪的最佳出口。

不是一家人，不进一个门。戾先生的老婆和他志趣相投，也是个爱闹事、就怕没有事的泼辣货色，两人常因一点鸡毛蒜皮小事儿大动干戈。轻者摔盘子砸碗，重者开全武行。有时戾先生占上风，把老婆打得鼻青脸肿，哭爹叫娘；有时戾太太得便宜，在戾先生脸上留下抓痕，让他无法出门，难以见人。

戾先生的儿子叫戾天，取戾气冲天之意。儿子还真没辜负他的厚望，人不大，脾气可不小，一言不合，就会与同学动手，而且下手极狠，有一回他用铅笔盒把同学头上砸个大包，让老师找到家里告状。放学路上，他最喜欢的游戏就是抓住那些野猫、野狗，放到火上烤，或浸到水里淹，看着那些小动物拼命挣扎，他心里充满快感。邻人都说，这孩子长大肯定比他爹还邪乎。

戾先生有时也觉着自己的状态似乎不太对劲，找街头瞎子算过命。瞎子说，从字形拆开来看，你这个戾字，就是关在房子里的一只狗，因为关得太久了，一旦放出来，就会乱咬乱叫。戾字后边加上气，其主要成分是火气、怒气、怨气、恶气，而这四种气在多数情况下都不会带来好结果。所以，你要戒怒，克制，免得惹祸上身，害人害己。他一听就不高兴了，不仅拒付卦资，还一脚踢了卦摊，骂骂咧咧地扬长而去。

平心而论，戾先生其实混得还不错，有工作有房子有车子有票子，但他总是怨声不断，和大款比自己钱太少，和官员比自己无权无势，和名人比自己无声无臭，不涨工资有意见，涨工资还有意见，一遇事就火气冲天，总觉得自己吃亏，就见不得别人有个好，满脑子的羡慕嫉妒恨。

戾先生身子骨挺硬朗，还成天满大街溜达，遇到他，您躲着点为好。

漫话 "公恩私谢"

公恩私谢，即一个人受到组织或公家的提拔、重用、奖励、赏赐后，却把账记到私人头上，去感谢私人。这个词最早出自西晋名将羊祜之口。羊祜德高望重，一言九鼎，曾举荐许多贤者为官，但从来不对人言讲，更不让人感谢。晋帝不解，羊祜回答说："拜官公朝，谢恩私门，臣所不取也"从此，公恩不私谢这句话就流传开来，并成为官员的一种美德。

这个道理，其实更早的春秋时政治家管仲也说过。管仲被捆绑在囚车上，从鲁国押往齐国。路上又饥又渴，经过齐境边疆绮乌城，向守疆的官吏乞求饮食。绮乌的守疆官吏跪着喂他吃东西，十分恭敬。然后，守疆官吏偷偷对管仲说："假如你被齐国重用，你将用什么来谢我？"管仲说："假如我被重用，将会用人以贤，拔人以才，赏人以功，皆出公心，能拿什么来报答你呢？"管仲不仅没有报答"跪而食之"的官吏，连对他有救命加举荐之恩的鲍叔都没有"投挑报李"，临终前，齐桓公欲以鲍叔继任宰相，然而，管仲却以鲍叔"一闻人之过，终身不忘"为由否掉。管仲公私分明，不以国事报私恩，果然是一代贤相。

平心而论，对有知遇之恩的人表示感谢，也算是知恩图报，即便不是美德，至少也是人情。但有人却不这么认为。汉宣帝时，有一贤臣车骑将军张安世，为人正直且处事缜密，手握重权但不谋私利，为世人所称道。一次，他推荐一个人当了官，此人特地前来表示感谢，要说这也在情理之中，并不为过，但张安世很生气地说："我举贤荐能，是出于公义，难道是为了得到对我私人的感激吗？"从此，他再也不愿见这个人了。

　　任人唯贤，赏当其赏，都是出于公心，君子之为，如果真的心存感谢，那就努力工作，不辜负提拔，不让人失望，就是最好的感谢。《两般秋雨庵随笔》记，明代首辅杨溥的儿子从家乡到京来看他。途经州县都是远接近送、厚礼馈赠，只有县令范理按规矩办事，既不接送又不送礼。杨溥默默记住这个名字。不久就向皇帝推荐，将范理提升为德安府知府。同僚们得知后都劝范理应重礼感谢杨宰相，他却说："宰相为朝廷用人，我为朝廷出力，皆是公事，非私人之交。有道是公不私谢，如若重礼答谢，岂不亵渎了宰相的厚爱之心。"一个送上门来的巴结权贵的机会，就这样被范理轻易浪费掉了，范理虽不公恩私谢，但却奋发有为，清正廉洁，造福一方，在史上留下了清名，也没有辜负杨溥的慧眼识珠，成为一段美谈。

　　古今贤者都十分忌讳公恩私谢，提倡君子之交，公私分明，这也是公正而睿智的做法。先说公正，不论提拔官职大小、赏赐荣誉轻重，都是源自公家，是国家政府行为，不论谁来做具体执行人，都代表的是公家。如果得了提拔重用或赏赐，不去感谢国家政府，却去感谢私人，既不公平也不合理，而且也弊端很多，甚至于很危险。因为，公恩私谢最容易形成团团伙伙，搞朋党宗派，山头主义。被谢之人俨然以恩主自居，把经自己提拔的官员当成"小兄弟"使唤来使唤去，私谢之人也很容易变成"家臣"，表忠心，抱大腿，彼此之间，只有私谊，没有公义。而一进入小圈子，固然可能会享受一荣俱荣的福利，也难免一损俱损的牵连。君不见，树倒猢狲散、一抓一串的"秘书帮""石油帮""山西帮"？

公恩私谢的结果，把公家资源当成自己私产，把公权力变成了笼络人、谋私利的砝码，把同志之情异化为人身依附，影响极坏，危害极大，决不可掉以轻心。

闲议"骚"与"扰"

夏天来了，穿着"清凉"的女性，在地铁上屡屡被骚扰，就引发了关于"骚与扰"的讨论，论者各执己见，互不相让。

以上海地铁公司官方微博为一方代表，观点是女性穿得少"不被性骚扰才怪"；以上海的一些女志愿者为另一方，观点是"我可以骚，你不能扰"。从法理角度来讲，志愿者的意见更站得住脚。因为我们都知道一条常识，即法律未规定的事皆可为，法律禁止的事皆不可为，那么，法律没有规定女性不能"骚"，而明文禁止不能"扰"，即侮辱妇女。所以，"骚"是我的自由，"扰"却不是你的权利。

再譬如说，我可以露富炫耀，你不能打劫绑票；我可以名扬天下，你不能造谣诬陷；我可以著述撰文，你不能剽窃抄袭，都是同样的道理。文明国家的任何一个法官，都不会采用色狼以对方太"骚"而诱使自己犯罪的辩护理由，同样也不会对那些因被害者露富而谋财害命者以轻判。

"窈窕淑女，君子好逑"，是中国有文字记载的最早的"骚"与"扰"的文献。"窈窕"不仅是长得漂亮而且注重扮"骚"，"好逑"，即是使用各种合情合理合法的手段来"扰"之。

司马相如与卓文君则是"骚"与"扰"的具体样本。一个才高八斗，学富五车，一个貌似天仙，精于琴棋书画；一个想"骚"，一个愿"扰"；一个情深意浓演奏《凤求凰》在厅前，一个心有灵犀偷听在帘后，于是一拍即合，双双私奔，"文君当垆""相如涤器"，成为千古美谈。

何谓之"骚"？"骚"有多种，如行为轻佻，举止放荡，浓妆艳抹，言语有失检点等，而此处所谓"骚"，则主要是指衣服穿得少与短。但衣服少与短到什么程度叫"骚"，叫"有伤风化"，容易引起"扰"的冲动，并无一定之规。而对于那些色狼来说，"扰"的借口实在太多了，"看见短袖衫就想到白胳膊，想到白胳膊就想到裸体，想到裸体就想到性交，想到性交就想到私生子……"

还需要探讨"扰"的尺度。歌德说"哪个妙龄少女不怀春？"因而，从内心深处来说，那些穿着性感、打扮漂亮的女性，无不希望引人注目，获得高回头率，从某种意义上来说，这也是"扰"，但这种"扰"无伤大雅，多多益善。但是，目不转睛地盯着看，那就"扰"得令人不快了；如果语言挑逗、调戏，甚至伸出"咸猪手"，那就"扰"得无法忍受了，法律就要出来过问了。

"骚"，既是个人自由，所以，女为悦己者"骚"。《十八相送》时，祝英台一再用语言挑逗，暗示自己是个女性，"骚"来"骚"去，就是希望梁山伯来"扰"，可是梁山伯却不解风情，祝英台气得直骂他是"笨如牛""呆头鹅"。

"骚"，有时还具有很强的功利性。平民姑娘凯特摇身一变，成为英国王子威廉的王妃，不知引得多少女子羡慕嫉妒恨，美国就有几个姑娘不远万里飞到英国，每日里浓妆艳抹，"骚"在王室成员经常光顾的酒吧、咖啡馆、舞厅，希望能有个威廉那样的"高富帅"来"扰"自己，即便当不上王妃，也能搭上个王室成员或贵族。

　　"骚"与"扰"，虽说都发自人的本能，但毕竟人非动物。动物发情期间，只要看见雌性，即可直奔主题，霸王硬上弓，人要这么干，不仅会被骂为衣冠禽兽，法律也不会放过您。人有性欲，但更有自制力，否则就把自己等同禽兽，甚至禽兽不如，也就是西门庆、未央生之类吧。

人都离不开假话

著名作家巴金力陈:"说真话永葆青春,说假话则害人害己。"大学者季羡林则主张:"真话不全说,假话全不说。"大人教育孩子,学校培养学生,领导训诫部属,都要求不说谎。佛家的戒律之一也有"不打诳语"。历史上则有曾子不说谎的美谈。但在现实生活中,我们实际上谁都离不开假话,谁都会或多或少说点假话,听些假话。

不想赴约,便推说身体不舒服;不愿喝酒,就说我正服药,忌口;不愿借钱给人,说我近来手头也很紧;觉得油水小,不愿接活,就说没时间,档期冲突;想找朋友玩几把,晚回家,就说公司有应酬……都是嘴边的假话,不假思索,随口就来,自己运用纯熟,别人也不会深究。

生人偶遇,谈得热闹了,往往会问:先生贵庚?对方会反问:你看我有多大?这时候,稍微世故一点的都会把嘴上与心上判定的年龄减去5—10岁,明明看着四十多了,嘴上偏说,你有三十出头吧。这样,皆大欢喜,越说越投机,这就是假话的用处。如果实话实说,那就很没趣了。

熟人邂逅,热情问候过了,如知道对方最近正在减肥,马上会恭维:

185

你苗条多了，回头也给我介绍介绍经验。心里头却不以为然，看着咋还像个汽油桶，那减肥药算是白吃了。如对方是文友，又颇为自得，提到他刚发表过一篇小文，不管你印象如何，都得说几句好话多半也是假话：啊，字字珠玑，文采斐然，影响很大，非我所能——如今的评论家不都是这么干的嘛。

医生看病，也不能完全实话实说，即便患者得了绝症，也要和颜悦色对他说，没啥大事，先住院检查检查吧。当然，对患者家属则要交底，一点也不能隐瞒，因为这涉及到治疗方案，医疗费筹集，后事准备等等。

夹在婆媳之间的男人，要想天下太平，就要学会用一些善意假话来弥合婆媳裂缝，化解家庭矛盾，假话要恰到好处，双方都听着熨帖，还不能穿帮，就像《金太郎的幸福生活》里的那个金亮，也颇有些难度哩。凡是熟谙此道的，家里必定喜气洋洋，和谐温馨，至少不会剑拔弩张，势不两立。

还有如今漫天飞的美女、帅哥的称呼，大伙都心安理得地接受，其实，世界上哪有那么多美女、帅哥，绝大多数都是平常相貌，山水不显。像我这样已过天命之年的老头，年轻时就没人说过我帅，没想到老了老了，居然有一天也被人称为"资深帅哥"，嘴里虽在谦虚，也知道这是假话，心里却是美滋滋的。

夸别人孩子，也是个学问，道道很多，离不开假话。孩子眉清目秀，夸他像明星，孩子虎头虎脑，夸他有福相，这都不算太离谱。我有一朋友，女儿长得实在不敢恭维，面黑、眼小、唇厚、眉重，偏偏他敝帚自珍，喜欢得紧，特别爱听对他宝贝女儿的赞扬话。因为他老爱带着女儿出来，我很怕与他交谈，得费尽心思琢磨如何赞扬他的女儿又不说假话，鲁迅先生也在文章《立论》中描写过这种窘境：老师对一个既不愿说谎称赞孩子，也不想遭打的学生面授机宜："你得说：啊呀！这孩子呵！您瞧！多么……。阿唷！哈哈！"

日常生活中那些善意的、偶尔的、无关宏旨的假话，不算道德瑕疵，更非洪水猛兽，相反，若运用得当，可减少麻烦，缓解矛盾，降低摩擦系数，是人际交往不可或缺的润滑剂。我不知道有没有从不说假话的人，但我知道这样的人将活得很生硬、粗糙、死板，难以与人和谐相处。当然，说假话也是不得已，只可偶而为之，所以，绝不提倡乱说、多说假话，那毕竟不是真善美。而如果谁假话成瘾，被人视为瞎话篓子，那也会信誉扫地，四处碰壁，难以立足社会。

　　会说假话，说得恰到好处，无伤大雅，无碍原则，也是一门语言艺术。

金钱爱情非"绝配"

54 岁的杭州人老赵，身家数千万，三年前娶个 26 岁的娇妻。为博红颜一笑，老赵光是花在为她买奢侈品上的钱就超过 240 万元，价值近千万的房产也加了对方的名字。然而，老赵遇到的是一名高段位的拜金女，他实在无法满足女方难填的欲壑，无奈之下起诉离婚。网友开玩笑说：啃了一棵嫩草，总要付出点代价。

曾几何时，一些新潮男女认为，金钱爱情是绝配，你用青春换我的金钱，我拿金钱换你的青春，你负责貌美如花，我负责赚钱养家。于是，"宁愿坐在宝马里哭，也不愿骑着自行车笑"，成为网络流行的拜金真言；"干得好不如嫁得好"成了潮女的流行口号。于是，"拜金女"纷纷成了阔老板的娇妻，有没有爱情不敢说，穿金戴银，吃香喝辣，开豪车，住豪宅那是没说的。

不过，近几年来，看到了太多像老赵这样以喜剧开头以悲剧结束的金钱爱情模式，人们逐渐开始理性回归，醒悟到金钱爱情并非婚姻绝配，而更像一笔彼此算计的生意，风险太大，前途未卜。相比之下，觉得还是老老实实选择段门当户对的婚姻更靠谱。近日，中国青年报对 79446 人进行的一项调查显示，59.0% 的受访者认同门当户对的择偶观，67.7% 的受访者认为门当户对有利于以后的婚姻。这个门当户对，就包括年龄、家庭、学历，也包括金钱收入。

人往高处走，水往低处流。平心而论，女性希望通过嫁给富人的方式，改善目前生活状况的心理，可以理解，但如果女性把未来生活的全部寄托都放在婚姻上，这是丧失自我的表现，也是很靠不住的，同时也是对爱情、婚姻的亵渎和不负责任。我们知道，对一个有权力支配自己婚姻的自由人来说，婚姻的根本依据就在于爱情，至于其他东西，如门第、财富、地位、名气等等，都是爱情的附属品，而现在的拜金女们，则本末倒置，把宝马车代表的财富放在高于一切的位置，把最重要的爱情放在无关紧要的位置，我觉得这是很可悲的，不夸张地说，这是一种历史的倒退。

再退一步说，假定你确实运气不错，福星高照，真的登堂入室，当了阔太太，也并非从此就可以高枕无忧。别忘了，大款这只"绩优股"，人人都喜欢还都有"想法"，你能成功"债转股"，未必别人就比你差。你可以凭年轻美貌荣登宝座，可"螳螂捕蝉，黄雀在后"，还有比你更青春靓丽的妹妹，会以其人之道还治其人之身，如法炮制，取而代之。而且，男人一有钱，荷尔蒙分泌得就格外的多，喜新厌旧这种事发生在富人身上那是司空见惯。

而对娶了拜金女的富人来说，也过得不轻松。人家既然是冲着你的钱来的，自然要拼命挥霍，挥金如土，以享受高品质生活，你要略有心疼，就会矛盾连连，夫妻反目。再往下发展，一旦关系破裂，对簿公堂，离婚还要分你一半财产，更让你肉疼。所以，真正清醒而明智的富人，是不看好金钱爱情这种"绝配"的。这种婚姻，因为不是以爱情为基础，只是各取所需的交换，看似热闹风光，实则危机四伏，随时都有翻船的可能。而且商场如战场，你今天春风得意，不能保证明天还会日进斗金，万一你破产倒闭，你的拜金女还会跟你一起拉棍讨饭、共度时艰吗，一点门都没有！

劳燕分飞，杭州老赵解脱了，虽然亏了不少钱；拜金女也解放了，虽然牺牲了几年青春。这桩公案也给那些还想搞金钱爱情之配的男女提了个醒："交易"有风险，"入城"要谨慎。

要当"称职祖宗"

"子在川上曰：逝者如斯夫，不舍昼夜。"我们早晚是要当祖宗的，这一点谁也不会怀疑，短则五六十年，长则几百年，大家都将先后"作古"，跻身于列祖列宗行列。问题在于，咱们这个祖宗当的是否称职，是否称职，是让子孙后代提起来就两眼放光，赞不绝口呢；还是让他们羞于提起，即便提起，也没什么好话。

说到称职的祖宗，我以为，帝王里炎黄二帝、唐太宗、清康熙，文臣武将里霍去病、诸葛亮、岳飞、戚继光，文人骚客里屈原、李白、杜甫、苏东坡，学者里孔子、孟子、老子、庄子，专家里蔡伦、毕昇、郭守敬、祖冲之，便是称职祖宗的优秀代表。

当称职的祖宗，首先要给子孙后代多留点绿水青山。一代远见有为的祖宗，既要给子孙留金山银山，更要给他们留青山绿山，留洁净的水源，清新的空气，优美的生态环境。反之，如果祖宗们把树砍光了，水弄脏了，让沙漠越来越大，土地越来越少，要再恢复生态，可能要几百年甚至更长时间，那就是给子孙后代造孽，是在绝他们的生路。那样的话，即便留下的钞票再厚，"水泥森林"再多，人工景观再热闹，高楼大厦再时髦，子孙后代也不会感谢我们的，而肯定把我们打入不称职的另册。

当称职祖宗，要给子孙后代多留点矿产资源。煤炭、石油、天然气还有其他矿藏，都是不可再生资源，采一点少一点，我们用的越多，子孙就用得越少，所以，为子孙后代计，千万不能开尽挖绝，要节约着用，科学着用，细水长流。矿产资源发现了，勘探出来了，若不是急着用，就不妨先封起来，留一部分给子孙。退一步说，如果我们这一代人真把地下埋的矿产资源用光或基本用光了，即便经济搞上去了，也不算什么多光彩的事情，那等于是在砸子孙的饭碗，留给他们无米之炊，等着吧，总有骂我们的一天。

当称职祖宗，要给子孙多留点文化遗产。一代代老祖宗给我们留下了汉赋、唐诗、宋词、元曲，那都是中华民族的文化瑰宝，让后人受用不尽的精神财富。但愿我们这一代也能给子孙后代留下点像样的文化经典。有道是"国家兴则文化兴"，生逢盛世，丰衣足食，咱们如果拿不出点叫得响、立得住、能传世的文化产品，既对不起时代，也会愧对子孙。

当称职祖宗，既不能无所作为，也不能胡作非为，咱得时常检点自己的行为，洁身自好，文明礼貌，做一代情趣高雅，遵纪守法的模范公民。譬如，官场少一些直逼和珅的贪官污吏，让人匪夷所思的大案要案，不要被后人盖棺定说成"贪渎成风"；学界要自重自律，知识分子要有良知，杜绝剽窃欺骗，反对欺世盗名，力戒不学无术，免得子孙们说我们少廉无耻，斯文扫地；有了钱也别穷奢极欲，花天酒地，吃喝嫖赌，腐化堕落，让后人嘲笑我们是暴发户、土财主，也整一本什么《二十年目睹之怪现象》来出我们的洋相。或者像来到岳王墓前大发"人自宋后耻为桧，我来墓前愧姓秦"感慨的秦姓读书人，为我们脸红，替我们害臊。

要当称职祖宗，还要做到，在我们手里，国土不能少一块，权益不能丢一分；历史前进步伐不能慢，民主科学进程不能退……做到了这些，还仅是"称职祖宗"，要当"伟大祖宗"尚须加倍努力。

192

话说 "不务正业"

　　湖南卫视著名主持人、北京外国语大学阿拉伯语系教师何炅，因 "不务正业"，且有 "吃空饷" 之嫌，不得不辞去教职。其实，因为他的主持人事业红红火火，如日中天，其教师头衔早就被大伙遗忘，若不是有人举报，谁知道他还是个副教授？

　　世界上不务正业的人很多，原因很复杂，结局也大不一样。一般来说，正业是饭碗，副业是爱好；正业是正规军，副业是杂牌军；正业是上班时间干的，副业是业余时间干的。八小时之外搞点业余爱好，谁都无话说，但副业若影响了正业，正事没干好，副业很兴旺，通常就会被人视为不务正业。

　　不过，也有不少人的 "不务正业" 闹出了大名堂，并以此处世立身，彪炳历史。王冕的正业是放牛，却不务正业去画画，有好几回把牛都忘了，最后成了大画家；孙中山的正业是行医，却一门心思去造反、起义，推翻满清统治，被称为 "孙大炮"；恩格斯的正业是经商，却把主要心思都放在和马克思一起研究社会科学，商量着怎样才能 "造反有理"；爱因斯坦的正业是瑞士专利局技术员，副业是创立相对论，开创现代物理新领域；契诃夫的正业是医生，却把小说写成了世界水平，他自己也调侃说"当医生是合法妻子，写小说是地下情人"。这些"不务正业"最后都成了正果，自然也成了美谈。

当然，也有因副业影响了正业，业余爱好耽误了正经买卖而饱受诟病的。最出名的是两个不务正业的皇帝。一个是南宋的宋徽宗赵佶，他多才多艺，却对军国大事没有兴趣，在他手里，国家江河日下，风雨飘摇，他倒是晋升为"书画皇帝"，被后世评为"宋徽宗诸事皆能，独不能为君耳！"《宋史》云"宋不立徽宗，金虽强，何衅以伐宋哉"。再一个是明熹宗朱由校，他无心治国理政，酷爱木匠活，每天不是批奏折、议国事，而是忙着锯、刨、砍、凿，人称"木匠皇帝"，结果导致魏忠贤把持朝政，祸害国家，天下大乱。

正业副业其实本也无一定之规，没有不可逾越的障碍，有的人干着干着，兴趣转移，爱好变化，就把副业换成了正业，把正业变成了副业。原来正业是摄影的张艺谋，正业是美工的冯小刚，后来都摇身一变，成了著名导演；原来正业是牙医的余华，移情别恋，干脆改行，后来成了大红大紫的专业作家；而原来正业是写小说的沈从文，后来由于种种原因，改成历代服饰研究，居然也干出了名堂，成为权威服饰专家。

玩得最大、也最"不务正业"的莫过于"京城第一玩家"王世襄，他晚年曾自嘲："我自幼及壮，从小学到大学，始终是玩物丧志，业荒于嬉。秋斗蟋蟀，冬怀鸣虫……挈狗捉獾，皆乐之不疲。而养鸽飞放，更是不受节令限制的常年癖好。"但他却玩出了境界，出了多本"玩"的专著，填补了这方面的空白，被人誉为诗词家、书法家、火绘家、驯鹰家、烹饪家、美食家、美术史家、中国古典音乐史家、文物鉴定家、民俗学家等。

人有正业就有副业，谁也不会上班下班没区别，一天到晚都去干正业，那样的话，生活也未免太枯燥了。当然，既干了正业，你就得好好干，对得起这份薪水，至少在八小时以内不分心，下了班再去发展业余爱好，谁都没话可讲。人家王安石、韩愈、司马光，上班是国家重臣，正业一点不耽误；下班是文坛巨匠，诗文可以传世，是正副业兼顾羡慕的楷模。反之，如果上班时间炒股、网聊、打牌、玩游戏，一旦被老板发现，说你不务正业还是轻的，弄不好就会炒你鱿鱼，那可不是闹着玩的。

以卿坐镇雅俗耳

　　唐玄宗开创的开元盛世，既得益于其励精图治，也与其善用贤能有关。他的用人，不拘一格，用其所长，避其所短。他任姚崇为相，因其能力超群，精于吏道，办事水平无人可比，被誉为"救时宰相"；他用卢怀慎为副相，则因其道德高尚，操守出众，又善于荐贤举能，可为天下作榜样。

　　一次，姚崇丧子，请假数日，政事积压很多，卢怀慎一时处理不了，感到愧疚，去见玄宗作检讨。玄宗却毫无怪罪之意，笑着说："朕以天下事委姚崇，以卿坐镇雅俗耳。"意思是说，管理朝政主要是姚崇的事，任官颁令乃他所长；你是我树立的道德榜样，你的存在意义就在于引领社会风气。

　　卢怀慎没有辜负玄宗的期望，他居官多年，正直无私，廉洁自律，生活廉洁简约，所用器物、衣服没有金玉锦绣的华丽，所得薪饷大都接济给那些有困难的人，家无积蓄，妻儿常年受穷。正因为如此，他官声极佳，影响很大，手下官吏也不敢奢侈挥霍，更不敢中饱私囊。并且他

196

从不与姚崇争权，甘心做姚崇的副手，补台而不拆台，到位而不逾位，与姚崇精诚合作，为开元盛世做出了应有的贡献。

卢怀慎去世后，玄宗很悲痛，颁发诏书说："故检校黄门监卢怀慎，衣冠重器，廊庙周材，节邻于古，俭实可师。虽清白莹然，籝非金宝；然妻孥贫窭，儋石屡空。言念平昔，弥深轸悼。宜恤凌统之孤，用旌晏婴之德。宜赐物一百段，米粟二百石。"称赞卢怀慎是类似凌统、晏婴的国宝、济世之才，勤俭诚实，冰清玉洁，学问德行堪称楷模。并追赠他为荆州大都督，给予"文成"谥号。

第二年，唐玄宗又亲自参加卢怀慎两周年的祭祀，赏赐绢五百匹。命人为其撰碑文，他在碑上亲笔御书。并重用卢怀慎的儿子卢奂任陕郡太守，卢奂任上不负重托，政绩突出，玄宗又为他题字称赞："专城之重，分陕之雄。人多惠爱，性实谦冲。亦既利物，存乎匪躬。为国之宝，不坠家风。"

治理国家，需要多方面的人才，精明强干如姚崇的能吏肯定少不了，廉洁清白如卢怀慎的廉吏也不可或缺。当然，如果能吏与廉吏相结合，既能干事，又很干净，那自然是上上之选。可惜的是，一些能吏往往小有道德瑕疵，而一些廉吏又办事能力略欠，实在无法两全，如何扬长避短，使其相得益彰，则是用人者的大智慧。譬如，明万历年间的张居正办事干练，能力极强，领导艺术和魄力都无人可及，但却生活不够检点，私心较重；而与其同时代的海瑞，高风亮节，廉洁清白，刚正不阿，但办事过于呆板，能力不足。万历皇帝就用张居正治国理政，掌管天下；用海瑞来引领社会风气，做道德楷模，也开创了数十年的中兴局面。虽然海瑞几次触犯万历皇帝，但还是贬了又升，几起几落，因为万历皇帝知道，海瑞是个离不开的清官，"坐镇雅俗"，引领世风，对抗官场贪渎习气，还要靠他出面。

最后一个问题

周末，电视台一期相亲节目，顺风顺水，如果不出意外，眼看就要皆大欢喜。

男嘉宾是位美籍华人博士，毕业于世界顶尖大学，仪表堂堂，谈吐幽默，家境富裕，身价不菲，是典型的"高富帅"，也是许多女子心中的白马王子。

经过一轮轮博弈，一次次淘汰，男嘉宾在众多佳丽中选出了最令他心动的女生，美丽异常，落落大方。巧的是，令他心动的人，同样也钟情于他。按程序，男嘉宾再向心动女生提出最后一个问题，就可牵手同行了。他问："假如，你有了一大笔钱，一辈子也花不完的钱，你准备怎么办？"

"心动女生"答道："还和以前一样吧，没什么变化。反正该买的都买了，也没什么好花钱的地方了，所以，以前是什么样，现在还是什么样。"一副波澜不惊的表情。

男嘉宾思考片刻，然后痛苦而坚决地说道："我放弃！"所有的人都没料到他会做出这样的选择，面对疑惑，男嘉宾缓缓解释道："这是一个非常重要的问题。为什么不能将自己花不完的钱去救助一下穷人，去帮助一个学校，去回报社会？为什么不能有点社会责任感？"

全场哑然，死一样的静。谁也没料到会是这样一个结局。

平心而论，"心动女生"回答得不能算错。在我们一般人看来，她的回答既不拜金，也不张狂，朴素简洁，不卑不亢，得体且稳妥。比那个有俩钱就不知道天高地厚的郭美美强多了，与那个"宁愿在宝马车里哭，也不在自行车上笑"的拜金女相比，更有天壤之别。如果我是打分评委，不给满分，也得 95 分以上。

但也得承认，男嘉宾的境界、理念，明显要更高一筹。"心动女生"大概只能做到"穷者独善其身"，男嘉宾的眼界则已瞄准"达者兼济天下"。"心动女生"显然没有做好有一大笔钱后该怎么过的心理准备，而在男嘉宾心里，有了多余的钱做慈善则是自然而然的事，想都不用想。于是，在爱心与社会责任感方面，两人出现了落差，尽管这是虚拟的。或曰，这是小题大做，吹毛求疵，但在男嘉宾眼里，这是个非常重要的问题。"道不同不相为谋"，所以不能与你"执子之手，与子同老"，尽管你是那样的貌美如花，让人心动。

其实，有了钱就做善事，回报社会，在相亲节目里这样说无非是一句大话、空话，既无须承诺，更无须兑现，红口白牙，说完就了事，谁也不会追究你。可在这位男嘉宾看来，说不说就是个境界问题，没说就表明你根本没想过这个问题，你没这方面的素质；说了就表明你有这样的认识水平，你与我英雄所见略同，可以携手同行。

相亲节目的最后一个问题，问出了出人意料的结局，问出了我们在社会责任方面的欠缺，在慈善理念方面的差距。也促使我们在思考一个问题：有钱之后怎么办？虽然我们距离"有一大笔钱"还很遥远，甚至永远不会成为现实。但慈善理念却不能缺席，社会责任感不可或缺，不管将来能不能"有一大笔钱"，都要始终牢记美国作家卡耐基的一句名言："在巨富中死去是一种耻辱。"

杂说"被埋没"

　　时不时的，总听到有人埋怨说自己被"埋没"了，特别是在喝高了酒，有几分醉意后。

　　当作家的人说：我都写了那么多作品了，还没有出名，这世界真不公平！当演员的人说：快演一辈子了，还是跑龙套，我的艺术才华算是埋没了！做官的人说：论本事，论资历，本来那个位置是我的，生生被人挤掉了，想起来就生气。做生意的人说：我是有经商才能的，可惜生不逢时，环境太差，要不然我也能当李嘉诚。甚至半老徐娘也埋怨自己当年嫁得太窝囊，一朵鲜花插在牛粪上，要搁今天，怎么着也得嫁个千万富翁。

　　总之，许多人心里都似明似暗，隐隐约约，有一种被埋没的感觉，似乎王勃的"冯唐易老，李广难封"两句话，就是给自己鸣不平的。

　　那么，什么人才算是没被埋没的呢，如果用世俗的眼光看，无非是做大官的，发大财的，出大名的，享大福的载入史册的几种人。可是，纵览古今中外，历朝历代，这几种人什么时候都是少数，那也就意味着，绝大多数人都被"埋没"了。

譬如说作家吧，中国作协有近万会员，省市作协有十万多会员，可是真正写出名的不过一两百人，在全国有影响的，也就是三四十人。许多作家辛辛苦苦写了一辈子，也有几百万字作品问世，仍然是默默无闻。换言之，被埋没了。

再如演员，总数不得而知，大致匡算一下，说全国有几十万不算夸张。光是北京一地，就有十万之众，号称"北漂"。北京电影制片厂的门口，每天都挤着上千名演员，黑压压一大片，眼巴巴地等着剧组来挑，即便被挑上了，顶多也就是匪兵甲、群众乙，连句台词都没有。其实，他们中间有表演天赋的还真不少，没办法，僧多粥少，只好被"埋没"了。

还有，"一将功成万骨枯"，一次大战，动辄参战百万，死伤几十万，可历史往往只记载了双方的统帅和战役的名字，其他人呢，就成了一个普通的数字。像秦赵长平之战，人们只记住大将白起和赵括两人的名字，还有"坑赵卒四十万"一行字，可怜那四十万赵卒，连肉体带名字，都被彻底埋没了。

其实，谁都没有被埋没，每个人都有存在的价值，一个不害怕被埋没的人，就永远不会被埋没。不论从事什么职业，只要在干着自己喜欢的事业，在创造着价值，在奉献着社会，做着有益于他人的事，你就没有被埋没，你就有存在的意义。又何必在乎名气大小，职位高低，财富多少，有没有人记得你呢？

走出患得患失的小圈子，摆脱名缰利锁，看轻身外之物，不去胡乱攀比，顾影自怜，就不会有被埋没的恐惧。看看我们身边那些普通人，心地单纯，安分守己，日出而作，日落而息，吃得香，睡得甜，就从没有害怕被埋没的念头。

从另一种终极意义上来说，青山处处埋忠骨，哪里黄土不埋人？人人最终都是要被埋没的，不在这里埋没，就在那里埋没，不埋没是暂时的，被埋没是永恒的。就连我们栖身的地球，也早晚会被埋没，怕也没用，操心更是杞忧。人生苦短，几十年光景，说过就过去了，就不要自寻烦恼，无事生非，抓紧时间干自己该干的事要紧。

莫斯科有一座著名的无名烈士碑，铭文写着："谁都没有被忘记，谁都没有忘记什么。"那些终日忧心忡忡，害怕被埋没的人，不妨细细品味其中含义，对你平静心态，从容做人，大有裨益。